U0782412

孩子们必读的诺贝尔文学经典

圣女贞德

【英】G.萧伯纳◎著　房霞◎译

·萧伯纳卷·

北京联合出版公司
Beijing United Publishing Co.,Ltd.

图书在版编目（CIP）数据

圣女贞德 ／（英）萧伯纳著；房霞译 . —— 北京：
北京联合出版公司，2015.2（2023.2重印）
（孩子们必读的诺贝尔文学经典）
ISBN 978-7-5502-4490-0

Ⅰ．①圣… Ⅱ．①萧… ②房… Ⅲ．①历史题材剧
（话剧）－剧本－英国－现代 Ⅳ．①I561.35

中国版本图书馆CIP数据核字（2015）第010854号

圣女贞德

作　　者：（英）萧伯纳/著；房霞/译
选题策划：王成国　郎爱民
责任编辑：王　巍
封面设计：尚世视觉
版式设计：许　可

北京联合出版公司出版
（北京市西城区德外大街83号楼9层　100088）
福州俊丰彩印有限公司　新华书店经销
字数160千字　　650毫米×950毫米　1/16　15.5印张
2015年2月第1版　2023年2月第2次印刷
ISBN 978-7-5502-4490-0
定价：30.00元

未经许可，不得以任何方式复制或抄袭本书部分或全部内容。
版权所有，侵权必究。
本书若有质量问题，请与本公司图书销售中心联系调换。
电话：010-64243832　4006586676

目录
Contents

圣女贞德

Saint Joan

 第一场

一四二九年，位于洛林和香槟之间的默兹河笼罩在春日明媚的晨光中。沃库勒尔城堡内。

罗伯特·德·包椎古尔上尉是一位仪表不凡、五大三粗的军职乡绅，性格却优柔寡断。上尉正在冲他的管家大发雷霆，用这个惯用的伎俩来掩饰他性格的弱点。这个管家像一条任人欺凌的可怜虫，瘦骨嶙峋，头发稀疏，看不出年纪，可能是十八岁到五十五岁之间的任何一个年龄，因为他这种人就像永远不开花却也不凋零的植物，时光不能在他身上留下任何痕迹。

两个人正在城堡二楼一个向阳的石头卧室里。屋子里有一张结

实的原木色橡木桌，城堡的主人坐在桌子旁边与其配套的椅子里，我们能看到的是他身体的左侧。管家隔着桌子，用一种可怜巴巴的姿势站在主人对面。后面是一扇开着的十三世纪的直棂窗。窗外附近的角落有一个塔楼，狭长的拱形门廊一直通到旋梯，顺旋梯而下就到了院子。桌子下面有一个敦实的四脚凳。窗户下面有一个木箱子。

罗伯特：没鸡蛋！没鸡蛋！你这个遭千雷轰顶的东西！什么叫没鸡蛋！

管家：老爷，这不是我的错，这是上天的安排。

罗伯特：你这是亵渎神明。是你自己说没鸡蛋，却又推到上帝身上去。

管家：老爷，我有什么办法呢？我又不会下蛋。

罗伯特：（挖苦道）哈！你倒是会说笑。

管家：不是的，老爷，事实就是如此啊，现在大家也和您一样，都没有鸡蛋吃，只能是将就一下了。母鸡就是不下蛋呀。

罗伯特：是吗？（站起来）你给我听好了。

管家：（恭恭敬敬）是，老爷。

罗伯特：我是谁？

管家：您是？

罗伯特：（走向管家）对，我是谁？我，罗伯特·德·包椎古尔老爷，到底是沃库勒尔城堡的主人，还是一个穷要饭的？

管家：噢，老爷，您知道的，您是这里最伟大的人，比国王还要伟大。

罗伯特：说得非常好。那你知道你是谁吗？

管家：要不是有幸服侍您，我就是一个无名小辈。

罗伯特：（一字一顿，步步把他逼到墙边）你不仅有幸成为我的管家，你还有幸成为整个法国最无能无知，只会哭哭啼啼、喋喋不休、胆小怕事的大傻瓜！（他大步回到座位坐下）

管家：（瑟缩着坐到了箱子上）是的，老爷。对您这样伟大的人来说，我的确是像您所说的那样。

罗伯特：（转过身）这么说来，是我的错了，嗯？

管家：（走到他跟前，哀求道）老爷，我对您总是实话实说，可是您老拧着想！

罗伯特：如果下次我问你有多少鸡蛋，你再敢说你不会下，我就把你的脖子也拧过来！

管家：（申辩道）哎，老爷，哎，老爷——

罗伯特：不是"哎，老爷，哎，老爷"，是"没有，老爷，没有，老爷"。我的那三只巴巴里母鸡和那只黑母鸡，是全香槟最好的下蛋鸡。你却来告诉我，没有鸡蛋！谁偷了鸡蛋？在我把你当成骗子和家贼一脚踹出城堡大门之前，你告诉我偷鸡蛋的是谁。你给我记着，昨天牛奶也少了。

管家：（不顾一切地）我知道，老爷，我太清楚不过了。没有牛奶，没有鸡蛋，到了明天，什么都没有了。

罗伯特：什么都没有了！你要偷走所有的东西，嗯？

管家：不是这样的，老爷。没有人偷东西，是我们被人施法了，我们中巫术了。

罗伯特：这招儿对我没用，我罗伯特·德·包椎古尔烧过巫婆杀过贼寇。滚，下午之前，四打鸡蛋，两桶牛奶必须送到这儿来。办不到的话，就去求上帝来可怜你这把老骨头吧！竟敢拿我当傻瓜，看我不教训你。（信誓旦旦地重新落座）

管家：老爷，和您说实话吧，现在没有鸡蛋，以后也不会有——您杀了我也没用——只要那个姑娘还在门口。

罗伯特：姑娘！什么姑娘？你在说什么？

管家：那个姑娘来自洛林区的栋列米村，老爷。

罗伯特：（怒不可遏地站起来）你这个家伙，得让你遭万雷轰顶！让五万个恶鬼来把你抓走！你说的那个姑娘就是两天前软磨硬泡要见我的那个吗？我不是让你把她送回她父亲那里，命令他好好修理她一顿吗？

管家：我已经让她走了，老爷，可是她不走。

罗伯特：我没告诉你让她走啊，我是让你赶她走。你管着五十个全副武装的士兵，一大堆膀大腰圆的用人，来执行这个命令，难道还需要怕她吗？

管家：她太倔了，老爷。

罗伯特：（抓住他的后脖颈）倔！给我看好了。我要把你扔到楼下去。

管家：不要啊，老爷。求你了。

罗伯特：好呀，用"倔"来敷衍我。这也太容易了，任何一个泼妇都会这个。

管家：（瘫软在他手里）老爷，老爷，您即使把我扔出去也赶不走她啊。（罗伯特只得松手，他一下子跪在了地板上，顺从地看着他的主人）您想啊，老爷，您比我倔得多，可是她也比我倔啊。

罗伯特：我是比你强得多，傻瓜！

管家：不，老爷，我不是这个意思。我是说您性格倔强，老爷。她体格比我们弱小，也就是个小丫头片子，可是我们却弄不走她。

罗伯特：你们这群饭桶，你们是怕她。

管家：（小心翼翼地站起来）没有这回事，老爷，我们怕您。您给我们壮了胆子。可她真的看起来无所畏惧。可能只有您才能吓退她，老爷。

罗伯特：（严肃地）可能是这样。她现在在哪儿？

管家：在下边院子里，老爷，跟往常一样在和那些士兵聊天呢。她待在这儿不是和士兵聊天就是做祷告。

罗伯特：祷告！哈！你相信她是在祷告，白痴。我知道这种不是和士兵聊天就是祷告的女孩是哪种人。让她和我聊聊。（头冲着窗外，怒气冲冲地大声喊道）喂，就是你！

一个姑娘的声音：（声音清脆、坚定、不做作）是我吗，老爷？

罗伯特：就是你。

声音：你是城堡的主人吗？

罗伯特：你这个没教养的东西，我就是城堡的主人。上来。（对院子里的士兵说）你们把她带上来。快点。（他离开窗子，又回到椅子上，正襟危坐）

管家：（低声说道）她想成为一个士兵。她想让你给她军装、盔甲，老爷！还有剑！我说的是真的！（偷偷躲到罗伯特身后）

贞德出现在塔楼的门口。她是一个体格健壮的乡下姑娘，大约十七八岁的年纪，身穿红衣，端庄气派，相貌不凡，眉心很宽，双目突出，像是那种很爱幻想的人。长长的鼻梁，鼻孔胀大，上嘴唇稍短，厚厚的嘴唇显露出她的坚毅和果断，下巴很好看，却又显得倔强不屈。她急切地来到桌子跟前，为最终看到包椎古尔而感到欢呼雀跃，对谈话的结果信心满怀。这个姑娘没有因为包椎古尔阴沉的面色感到丝毫的畏惧，她的声音恳切也讨喜，显得信心十足、情深意切，让人难以抗拒。

贞德：（边说边屈膝行礼）早上好，上尉老爷。上尉，我需要你给我一匹马、盔甲还有一些士兵，然后把我送到皇太子那里。这是上帝给你的命令。

罗伯特：（被激怒了）这是你的上帝的命令！不是我的。你那个狗屁上帝是哪一位啊？回去告诉他，我既不是他的公爵也不是什么王公贵族，我是包椎古尔乡绅，除了国王的命令，我谁的命令也不听。

贞德：（安慰他）你说得非常对，乡绅老爷。我的上帝就是国王的上帝。

罗伯特：哎呀，这个姑娘疯了。（对管家说）你怎么不告诉我她是个疯子，你这个榆木脑袋！

管家：老爷，不用和她着急，她要什么给她就是了。

贞德：（有点不耐烦，但还是很友好）乡绅老爷，他们和我聊天之前，都认为我是疯子。可是你也知道，这是上帝的旨意，你应该去完成上帝施加在我头脑里的意愿。

罗伯特：上帝的旨意是让我把你送回到你父亲身边，让他把你锁起来，然后用鞭子把这些疯狂的想法从你身体里赶出来。你还有什么想说的？

贞德：你觉得你能做得到，乡绅老爷，可是你会发现所有的事情都和你想的不一样。你说你不会再看见我，可是我现在却在你跟前。

管家：（恳求道）她就是这样，老爷。你看啊，老爷。

罗伯特：闭上你的嘴。

管家：（低声下气）是的，老爷。

罗伯特：（因为丧失信心而有点气恼，对贞德说）就因为这个，你一直想见我？

贞德：（亲切地）是的，乡绅老爷。

罗伯特：（感觉自己无计可施了，两个拳头狠狠地捶着桌子，胸膛鼓着，使劲做深呼吸，来排解心中那让人不快却又非常熟悉的挫败感）你给我听好了，我会让你见识见识我的厉害。

贞德：（忙不迭地说道）好呀，乡绅老爷。马匹要花六十法郎，这真是个大数目。不过盔甲能便宜点儿，我可以找一个合身的士兵的盔甲穿上，我体格不错，用不着穿你那种漂亮又合身的盔甲。我也不要太多的士兵，皇太子会给我需要的东西，让我去解奥尔良之围。

罗伯特：（目瞪口呆）解奥尔良之围！

贞德：（单纯地）是啊，乡绅老爷，这就是上帝派我来做的事情啊。你只要给我三个士兵就足够了，只要他们为人厚道，待我有礼貌就行。并且他们已经答应和我一块儿走了。波利、杰克和——

罗伯特：波利！你这个不要脸的臭丫头片子。你竟敢当着我的面，叫伯特兰·德·波仑日老爷波利？

贞德：他的朋友们就这样叫他，乡绅老爷，并且我也不知道他有其他的名字。杰克——

罗伯特：难道你说的是梅斯的约翰先生吗？

贞德：是的，乡绅老爷。杰克也很乐意来，他是一位心肠很好的绅士，给我钱让我把它们分给穷人。我认为约翰·高绥甫也会来，还有弓箭手迪克和他的仆人，以及来自昂纳古尔的约翰和朱利安。不会有什么麻烦的，乡绅老爷，我都安排好了，你只需要下个命令就行。

罗伯特：（错愕地看着她）啊呀，我真该死！

贞德：（一副波澜不惊的可爱模样）你不会死，乡绅老爷，上帝很仁慈，天天和我聊天的圣凯瑟琳和圣玛格丽特（他目瞪口呆）

会替你向上帝说清的。你会上天堂的，你也会作为我的首位帮手而永载史册。

罗伯特：（仍然很烦恼，可因为有了新想法，换了一种语气对管家说）关于波仑日先生的事是真的吗？

管家：（急不可耐地）是真的，老爷，并且关于梅兹先生的事情也是真的，他们两个都想和她一起去。

罗伯特：（深思熟虑地）嗯！（他走到窗前，朝院子里喊道）喂！听着，去把波仑日先生请到我这儿来，知道吗？（又转向贞德）先下去吧，在院子里等着。

贞德：（高兴地朝他笑笑）好的，乡绅老爷。（走出房间）

罗伯特：（对管家说）去，跟着她，你这个哆哆嗦嗦的傻瓜。不要离太远，看好她。我一会儿还会叫她上来。

管家：看在上帝的分儿上，老爷，想想那些母鸡吧，全香槟地区最好的下蛋鸡，还有——

罗伯特：还是想想我的皮靴吧，赶紧让你的屁股离我远点儿。

管家赶紧退了出去，却在门口和伯特兰·德·波仑日碰上了。他是一个三十六岁左右的法国绅士，也是法国国王身边的一名侍卫，在宪兵司令部任职。他表情木讷，一副心不在焉的样子，如果别人不和他说话，他就不会先开口，而且就算开口回答也是又慢又倔，和那位自命不凡、自吹自擂、纸老虎一般色厉内荏，而又没有主见的罗伯特恰好相反。管家给他让了路，下楼。

波仑日行了一个礼，站在门口等待罗伯特请他进去。

罗伯特：（亲切地）这不是公事，波利，只是一次友好的谈话而已。请坐。（他伸出脚把桌子下面的四脚凳钩了出来）

波仑日这才放下心来，进了屋子，把四脚凳放在桌子和窗户之间，琢磨了一会儿坐了上去。罗伯特倚靠在桌子那头，开始了这场友好的谈话。

罗伯特：听我说，波利，我得像父亲那样和你谈谈。波仑日抬头，严肃地看了他一会儿，一言不发。

罗伯特：这和那个姑娘有关，你一定有兴趣。我刚才已经见过她了，也和她说过话。首先我要说的是，她疯了，这个倒是无所谓。其次，她不是一个普通的村姑，她是一个中产阶级的女儿，这个事关重大。我很了解她的出身来历，她的父亲去年代表自己的村子来过这儿打官司——他可是那里有头有脸的人物，是一个靠种地养家的自耕农——算不上个富户，也不是雇工或手工业者。他可能有个当律师或是当牧师的堂兄。这类人可能在社会上无关紧要，可是却能给当权者——也就是我——带来很多麻烦。显然现在对你来说，带走这姑娘，并让她相信你是带她去见皇太子，是小事一桩。可是如果你让她捅点什么娄子出来，就是给我撂下了说不尽的乱摊子。因为我是她父亲的领主啊，我有责任保护她。所以不管什么朋友不朋友的，你还是别和她扯上关系吧，波利。

波仑日：（不慌不忙地说了句让人大吃一惊的话）我就算对圣女心存邪念，也不会对她那样。

罗伯特：（从椅子上起来）可是她说你、杰克和迪克都已经答应要和她一起去了。怎么回事？你不会告诉我，你把她的疯话当了真，要去皇太子那里吧？

波仑日：（慢条斯理）她还真是有些来头，卫兵室里有些人就是满口脏话，心肠恶毒，可是却从没有对这个女人说过一个脏字。有她在场，他们就不会说什么骂人的诅咒。这里面有点意思，有点意思，或许值得试试。

罗伯特：噢，得了吧，波利！醒醒脑子吧。以前你就不按常理出牌，可是这次有点过头了。（有点厌恶地走开了）

波仑日：（不为所动）什么是常理？如果我们有常理的话，我们就应该加入到勃艮第公爵和英国国王那边。一直到卢瓦尔，法国的半壁江山都落入了他们手中，包括巴黎，还有这座城堡都是他们的。你应该很清楚，这座城堡肯定是要交给贝德福德公爵的，你只是这座城堡暂时的使用者而已。皇太子现在还在希农，像只老鼠一样躲在角落里，不敢出来应战。我们甚至不知道他到底是不是皇太子，他母亲说他不是，这事只有她一个人清楚。想一想吧！皇太后居然不承认儿子是正统的皇族血脉！

罗伯特：算了，她把女儿都嫁给了英国国王了。你还能怪罪这个女人吗？

波仑日：我谁也不怪。可是就是因为她，皇太子才这样潦倒落魄，我们这些人也只能认命。英国人要占领奥尔良，可是摄爵却没有能力阻止这一切。

罗伯特：前年他还在蒙塔日打败了英军，我当时和他在一起呢。

波仑日：这都没用，他的人现在都胆小如鼠，他自己也制造不出什么奇迹来。我和你说吧，现在除了奇迹没有什么能挽救我们了。

罗伯特：要是有奇迹就万事大吉了，波利。可问题就在于现在出不了奇迹。

波仑日：我也想过这个问题。不过现在还不能肯定。（站起来，沉思着走到窗边）不管怎么说，事情到了这个地步也只能死马当活马医了。这个姑娘确实有点儿名堂。

罗伯特：啊！你是说这个姑娘可以制造奇迹吗？

波仑日：我觉得这个姑娘的出现就有点儿奇迹的味道。不管怎么样，她是我们手上的最后一张牌了。让她去试试总比直接出局好。（他溜达到塔楼那里）

罗伯特：（犹豫着）你真这么想？

波仑日：（转过身）难道我们还有时间去想别的办法吗？

罗伯特：（朝他走过去）听着，波利。如果你是我，你会让那样一个姑娘拿走你十六法郎去买马吗？

波仑日：我来付马钱!

罗伯特：你付!

波仑日：当然我付，我要支持我自己的想法。

罗伯特：你真打算花十六个法郎，为这个渺茫的希望赌上一把吗？

波仑日：这不是赌博。

罗伯特：不是赌博还能是什么？

波仑日：这是十拿九稳的事情。她的话和对上帝热烈的信仰也点燃了我心中的那团火。

罗伯特：（彻底放弃）哟！你和她一样，疯了。

波仑日：（顽固地）我们现在需要一些这样的疯子。看看那些神智健全的人把我们都逼到什么地步了！

罗伯特：（他优柔寡断的毛病暴露了出来，刚才装出的果断也无影无踪了）我真要变成一个彻头彻尾的傻瓜了。可是，你真的确定——

波仑日：我确定我要把她送到希农去——除非你阻止我。

罗伯特：这不公平。你这是把责任推到了我的身上。

波仑日：不管你做什么决定，反正这个责任要由你来担。

罗伯特：这倒也是。可是我到底该做什么决定呢？你不知道，拿主意这种事我最不在行了。（犹犹豫豫地有了进一步的动作，下意识地希望贞德来帮他做这个决定）你觉得我应该再和她谈一次吗？

波仑日：（站起来）对。（走到窗前喊道）贞德！

贞德的声音：他要让我们去吗，波利？

波仑日：上来。进屋子里来。（转向罗伯特）你们需要单独谈谈吗？

罗伯特：不要，你就待在这儿，给我当后盾。波仑日在箱子上坐下。（罗伯特又重新站到他那威风的座位前，没有坐下，尽量摆出气势十足的样子。贞德带着好消息走了进来。）

贞德：杰克要分摊一半的买马钱。

罗伯特： 是吗！！（他像泄了气的皮球似的，一屁股坐在了椅子上）

波仑日： （神情严肃）坐下来说，贞德。

贞德： （有所收敛，看着罗伯特）我可以坐下吗？

罗伯特： 他让你坐，就坐下吧。（贞德屈膝行礼，然后坐在他两个人中间的矮凳上。罗伯特尽量用他的专横跋扈来遮掩他的窘态）

罗伯特： 你叫什么名字？

贞德： （像说绕口令一般）在洛林的时候，他们总是叫我詹尼。在法国内地，他们喊我贞德。士兵们叫我"少女"。

罗伯特： 你姓什么？

贞德： 姓？是什么东西？我父亲有时候称自己达克，可是我却对这个姓一无所知。你见过我父亲。他——

罗伯特： 是，我见过，我还记得呢。我记得你是从洛林区的栋列米村来的。

贞德： 是呀，可是这又怎么样？我们说的都是法语。

罗伯特： 不要提问题，只要回答问题就行了。你多大了？

贞德： 十七岁了，这也是他们告诉我的。也有可能是十九岁。我不记得了。

罗伯特： 你说过，每天圣凯瑟琳和圣玛格丽特都和你聊天，这是什么意思？

贞德： 她们确实每天和我聊天。

罗伯特： 她们长得什么样？

贞德：（突然犯起偏来）关于这个，我什么也不会说的，她们不让我说。

罗伯特：可是你真的见过她们吗？你们之间是像咱俩一样聊天吗？

贞德：不，完全不是一回事。我不能告诉你，并且你也不能谈论我听到的声音。

罗伯特：你什么意思啊？什么声音？

贞德：我听到一些声音告诉我应该做什么。这些声音是上帝之声。

罗伯特：那些只是你的想象而已。

贞德：当然啊。上帝就是这样把旨意传达给我的。

波仑日：将军。

罗伯特：别急！（对贞德说）去解奥尔良之围也是上帝告诉你的吗？

贞德：对，还告诉我，要在兰斯大教堂给皇太子加冕。

罗伯特：（倒吸一口气）加冕，给皇——我的妈呀！

贞德：还有，要把英国佬赶出法国去。

罗伯特：（讽刺道）还有别的吗？

贞德：（可爱地）暂时就这些了，谢谢你，乡绅老爷。

罗伯特：我在想，你是不是觉得突围和把一头奶牛赶出草地一样简单啊。你觉得士兵是每个人都能当的吗？

贞德：如果你有神助，又愿意把生死置之度外的话，我觉得打仗没有多难。并且许多士兵一心为国。

罗伯特： （严肃地）一心为国！你见过英军打仗吗？

贞德： 他们也只是人而已。上帝造人，不分英国人还是法国人，只是给了他们自己的国土和语言而已。并且上帝的意愿中，没有让他们来入侵我们的国家，还硬要说我们的语言。

罗伯特： 是谁把这些胡话塞进你脑袋的？难道你不知道吗，士兵们只会服从他们的封建领主，不管这个领主是勃艮第公爵，还是英国国王，还是法国国王，对士兵们或是对你来说，不都是这样吗？

贞德： 你说的我一点儿也听不懂。我们都归属于上帝，他赐予了我们国土和语言，并且让我们保护这些赐予。如果不是为了这个，在战争中杀死一个英国人都是一种罪过。还有你，乡绅老爷，你也难逃地狱之火的折磨。你不需要去负你作为封建领主的责任，你只要想想你对上帝应负的责任就行了。

波仑日： 没用的，罗伯特，她可以像这样一直说个不停，让你没法回嘴。

罗伯特： 她能做到，我可以向圣丹尼斯起誓！我们等着瞧吧。（又对贞德说）我们不是在聊上帝，我们是在聊时局。姑娘，我再问你一遍，你见过英国士兵打仗吗？你见过他们烧杀抢掠，所到之地生灵涂炭吗？你难道没有听过他们那个比魔鬼还要邪恶的黑王子或着太上皇的传说吗？

贞德： 你不必这么害怕，罗伯特——

罗伯特： 去你的，我才没害怕呢。是谁让你喊我罗伯特的？

贞德：在教堂里，以上帝之名，就该这么称呼你。其他的名字都是你父辈、祖辈或是兄长的名号。

罗伯特：切！

贞德：听我说，乡绅老爷。在栋列米的时候，我们不得不逃到外村去，来躲避英国士兵。他们中有三个受伤掉队了，我可算是见识了那三个可怜的英国佬。他们还没有我一半的力气大。

罗伯特：你知道他们为什么被叫作"天杀的"吗？

贞德：不知道。所有的人都这么叫。

罗伯特：这是因为他们总是在恳请他们的上帝把自己的灵魂打入万劫不复的地域。这就是"天杀的"在英语里面的意思。你觉得呢？

贞德：上帝会怜悯他们的，当回到上帝赐予他们的那片领土的时候，他们也会成为上帝的优秀子民——因为那片领土是上帝为了他们而创造的。我也曾听过黑王子的传说。他一碰触到我们领土上的泥土，恶魔就会附上他的身体，使他变成一个黑魔鬼。可是在他的国家，在上帝为了他们而创造的那片土地上，他就会变好。事情总是这样。如果我们违背了上帝的旨意，去到英国的土地上，入侵英国，还硬要住在那里，说那里的语言，魔鬼也会附上我们的身体，当我老去的时候，回想起自己所做的恶行，我就会不寒而栗。

罗伯特：也许吧。可是你越邪恶，你的战斗力就越强。这也是那些天杀的英国佬能占领奥尔良的原因，你不可能阻止他们，就算十万个你，也阻止不了。

贞德：一千个就可以了。我们有神的庇佑，十个我就可以拦住他们。（她再也坐不住了，激动地站了起来，向他冲过去）你不明白，乡绅老爷。我们的士兵总是吃败仗，就因为他们怕死——为了保命，最简单的方法就是逃跑。我们的骑士眼里只有钱，打仗对他们来说不是生与死，而是交赎金和收赎金。要是我的话，我就会告诉他们，打仗是让上帝的旨意在法国得以实现。到那个时候，他们就能把这些天杀的英国佬像赶羊群一样赶出去。你和波利也会活到那一天，看着法国的土地上再没有一个英国士兵。这片土地上会有，并且也只会有一位国王存在。不是什么英联邦国王，而是上帝旨意安排下的法国国王。

罗伯特：（对波仑日说）这恐怕都是一派胡言吧，波利，可是部队上的人可能会吃这一套。反正咱们好像也激不起他们的斗志了。说不定皇太子也会吃这一套呢。她要是能激起国王的斗志，那么她就能激起所有人的斗志。

波仑日： 我看试一下也无妨。你说呢？这个姑娘是有点名堂——

罗伯特：（转向贞德）现在听我说，（绝望地）别插嘴打断我的思路。

贞德：（一下子又坐在了矮凳上，像一个听话的女学生）好的，乡绅老爷。

罗伯特： 我命令你，在这位先生和你朋友的护送下去希农。

贞德：（顿时容光焕发，双手紧紧地交握在一起）哦，乡绅老爷！你的头顶上有一个光圈呢，像个圣徒。

波仑日： 她如何才能见到皇太子呢？

罗伯特：（他抬着头，小心翼翼地找着头上的光圈）我不知道。她是怎么见到我的？如果皇太子能把她拒之门外的话，就算我以前小看她了。（站起来）我会把她送去希农，她可以告诉别人是我送她去的，以后的事，我就无能为力了。

贞德：衣服怎么办？我应该有套士兵的衣服，对吧，乡绅老爷？

罗伯特：想穿什么都行。好了，不关我什么事了。

贞德：（为自己取得的成功而欣喜若狂）走啊，波利。（她冲了出去）

罗伯特：（握着波仑日的手）再见了，老伙计，我可是担着天大的责任啊。可没有其他人会这样做了。可是就像你说的，她确实有点名堂。

波仑日：是啊，她是有点不同寻常。再会了。（他走了出去）罗伯特挠了挠头，心里思忖着自己是不是被一个毫无地位的乡下野丫头给耍了。慢慢地回到屋里。管家拿着个篮子跑了进来。

管家：老爷，老爷——

罗伯特：怎么了？

管家：那些母鸡疯了似的下蛋，老爷。已经下了五打了！

罗伯特：（身子一下子变得僵直，手在胸前画着十字，苍白的嘴唇念叨着）天上的救世主啊！（气喘吁吁，大声喊道）她真是从上帝那里来的。

第二场

　　都兰省的希农。城堡里王座室的一端用帷帐隔出了一个前厅。兰斯大主教，年近半百，是一个保养得宜的上层宗教政客，他只会在那里装腔作势，身上没有一点儿的宗教气质。宫廷侍卫长德·拉·特雷木阁下是一个傲慢无礼的酒鬼。两个人正在恭候皇太子驾到。两个人的右边墙上有一扇门。当时的时间为一二四九年八月三号的下午，已近傍晚时分。大主教庄重地站在那里，而那个脾气极坏的侍卫长站在他的左边，正在大发雷霆。

　　拉·特雷木：皇太子就这样一直让我们等在这儿，究竟想干什么？我怎么不知道你还能像个石像似的，这么有耐心地站在这里。

大主教：你想啊，我是一名大主教，身为大主教其实就是一种人们的偶像。不管怎么样，他都得保持克制，还得耐心地忍受那些蠢人蠢行。除此之外，亲爱的侍卫长大人，皇太子有让你在这里一直等的皇家特权，不是吗？

拉·特雷木：去他妈的皇太子！——对不起，你别见怪。你知道他欠我多少钱吗？

大主教：不用说，一定比欠我的多，因为你比我有钱得多啊。我肯定，他把你能拿出来的钱都借走了。我和你是同病相怜啊。

拉·特雷木：两万七千英镑——这是他刚从我这儿拿走的一笔。整整两万七千英镑啊！

大主教：借钱给他又怎么样？他身上从没穿套像样的衣服，扔给一个小牧师我都觉得拿不出手。

拉·特雷木：一只小鸡或是一块羊肉就算是他的一顿美餐了。他借走了我的最后一分钱，可是还是那么寒酸。（一个侍童出现在门口）终于来了！

侍童：不是的，大人，不是陛下，是赖伊先生来了。

拉·特雷木：区区一个小蓝胡子！为什么还需要替他通报？

侍童：他是和拉·海亚上尉一起来的。我觉得可能是有什么事情发生。

吉勒斯·德·赖伊走了进来。他是一个二十五岁的年轻小伙子，衣冠楚楚、冷静沉着，在这个流行剃光胡子的宫廷里，却肆无忌惮地留着一撮弯弯曲曲的小胡子，还把它给染成了蓝色。他尽量摆出一副谦恭有礼的姿态，可是天生不会幽默风趣这一套，所以并不讨人喜欢。事实上，大约十一年以后，他因为忤逆教会，被人控告说他犯下骇人听闻的暴行，并以此取乐，后来被处以了绞刑。可是到现在为止，他身上还没笼罩上绞架的阴影。他意气风发地走向大主教。侍童退下了。

蓝胡子：您忠实的羔羊向您问好，大主教。日安，爵爷。你们知道拉·海亚出什么事了吗？

拉·特雷木：可能又犯了骂人的毛病了吧。

蓝胡子：不，恰恰相反。臭嘴弗兰克，就是那个都兰省里，唯一一个能在骂人方面和他相提并论的人，有一次碰见了一个士兵。这个士兵对他说："死期将至，不要再说脏话了。"

大主教：不管什么时候，说脏话终究不对。可是臭嘴弗兰克真的死到临头了吗？

蓝胡子：是的，他刚刚掉到井里淹死了。拉·海亚都吓掉魂了。拉·海亚上尉走进来——他是个兵痞，一点没有宫廷礼节，却有明显的兵营习气。

蓝胡子：我刚刚正在跟侍卫长还有大主教说你呢。大主教说你无可救药了。

拉·海亚：（从蓝胡子身边阔步经过，来到大主教和拉·特雷木中间站定）这可不是开玩笑的事情。情况比我们想象的还要严重。那个人可能不是个士兵，而是一个装扮成士兵的天使。

大主教、侍卫长：（齐声惊呼）天使！

蓝胡子、拉·海亚：对，一个天使。她带着六个人从香槟省来，这一路上障碍重重，勃艮第党啊，天杀的英国佬啊，逃兵啊，土匪啊，还有一些身份不明的人。可是他们除了平民老百姓，居然连一个坏人也没碰上。我认识他们里面的一个人——波仑日。他说她是天使。以后要是我再说脏话，就他妈的下十八层地狱！

大主教：这个头你可是开得不错啊，上尉！（蓝胡子和拉·特雷木都大笑起来。侍童又进来了）

侍童：陛下驾到。

所有在场的人都马马虎虎地行了个宫廷礼——立正。这位年纪二十六岁的皇太子，在他的父亲死后，已经是事实上的国王查理七世了，只是至今尚未加冕。他穿过帷帐走了过来，手里还拿着一份文件。他的长相并不尽如人意，又加上当时宫廷里流行把胡子刮得光光的，不论男女，都把头发一根不剩地塞进帽子或头饰下面，这使得他的样子更加难看。他那两条窄窄的眼睛挨得很近，垂的长长的鼻子几乎要搭到那个又肥又短的上嘴唇上了，他的表情像是一条经常挨揍却屡教不改的小狗。可是他既不粗俗也不蠢笨，在谈话中能用他那个没脸没皮的幽默来撑住场面。此刻的他兴奋不已，像是一个有了新玩具的孩子。他走到大主教的左边，蓝胡子和拉·海亚都退到了帷幕边上。

查理：大主教，你知道罗伯特·德·包椎古尔从沃库勒尔城堡给我送来了什么吗？

大主教：（不屑一顾）我对您的新玩具不感兴趣。

查理：（愤愤不平）那不是什么玩具。（板起脸来）用不着你感兴趣，我也能自己过得很好。

大主教：殿下您的生气毫无必要。

查理：多谢了。你教训别人不是很有一手吗？

拉·特雷木：（粗暴地）别吵了。你手里的是什么？

查理：你管得着吗？

拉·特雷木：了解您和沃库勒尔驻军之间的往来情况是我的职责。（他从皇太子手里把那张纸一把抢过来，用手指着上面的字，一个音节一个音节地费力拼读出来）

查理：（屈辱地）就因为我欠了你们的钱，又不会打仗，你们就觉得可以这样对待我。可是我身体里流淌着皇室的血。

大主教：即便是这一点也让我们怀疑，陛下。很难看出您是明君查理的后代。

查理：不要再提我祖父了。他是英明，他把我们整整五代的聪明才智都给耗尽了，让我成为了一个可怜的傻瓜，还要受你们侮辱和欺负。

大主教：您就忍着点吧。您这样乱发脾气可不好。

查理：又来了！得了吧你。身为一个大主教，圣徒和天使却不来找你，这多可悲啊！

大主教：您什么意思？

查理：哈！问问你的狗腿子吧！（指指拉·特雷木）

拉·特雷木：（勃然大怒）闭上你的嘴。听见没有？

查理：我听见了。你用不着大喊大叫。整个城堡都能听见。你怎么不去朝英国人喊，替我打败他们啊?

拉·特雷木：（举起来拳头）你这个小——

查理：（跑到大主教身后）别对我挥拳头，你这是大逆不道。

拉·海亚：别闹了，公爵！别闹了！

大主教：（语气坚决）好了，好了！这可不行。侍卫长大人，咱们总得有点礼数。（对皇太子）陛下呀，你既然管不好你的国家，起码要管住自己啊。

查理：又来了！知道了。

拉·特雷木：（把手上的文件交给大主教）拿着，把这该死的玩意儿给我读读。他都把我气得脑充血了，这上面的字都不认识了。

查理：（走回来，从拉·特雷木的左肩膀这儿，往下看）如果你愿意，我给你读读吧。你知道的，我识字。

拉·特雷木：（脸上挂着明显的不屑，用奚落来刺激他）是呀，除了读书也干不了别的。大主教，你看明白了吗?

大主教：我没想到德·包椎古尔这么糊涂，他居然送来了一个乡下野丫头。

查理：（打断他的话）不对，他送来了一个圣徒，是个天使。她是来找我的，来找我这个国王的，而不是你，大主教，你再虔诚也没用。她知道谁是帝王血统，你不会明白的。（他趾高气扬地走到帷幕前的蓝胡子和拉·海亚中间）

大主教：你不能见这个疯丫头片子。

查理：（转过身）可我是国王，我要见。

拉·特雷木：（恶狠狠地）那就拦着她，不让她见你。怎么样？

查理：我告诉你，我要见她。我一定要——

蓝胡子：（笑话他）真顽皮！你那英明的爷爷会怎么说呢？

查理：这只能说明你无知而已，蓝胡子。我爷爷自己就有一名圣女，当她祷告的时候，就能飞到天上去，并且能告诉我爷爷任何他想知道的事情。我那短命的父亲有两个圣女，玛丽·德·迈伊尔圣女和阿维尼翁的加斯科圣女。这是我们家族的传统，我才不管你们说什么，反正我也要有自己的圣女。

大主教：这个家伙不是圣女，她甚至不是个正经女人。她不穿女人的衣服，却打扮得像个士兵，骑着马带着士兵们四处乱窜。你想让这样一个人进入到殿下你的宫廷里吗？

拉·海亚：停。（走向大主教）你说一个穿着盔甲的姑娘，像士兵一样？

大主教：是德·包椎古尔这样说的。

拉·海亚：用他妈的地狱里所有的魔鬼起誓——噢，上帝宽恕我，我都说了些什么啊？——以圣母圣徒的名义起誓，这肯定是那个圣女，臭嘴弗兰克一赌咒，就让他马上死掉的那个。

查理：（得意扬扬）看吧！一个奇迹！

拉·海亚：咱们要是冒犯了她，肯定也会把我们都弄死。看在上帝的分儿上，大主教，你凡事可要当心啊。

大主教：（严厉地）胡说八道！没人被弄死。只是一个醉鬼恶棍，别人骂了他一百次他也改不了，后来掉到井里淹死了。这不过是个巧合而已。

拉·海亚：我不知道什么巧合不巧合的。我只知道人死了，是她告诉我人会死的。

大主教：我们都会死，上尉。

拉·海亚：（画十字）我可不想死。（他不再参与谈话）

蓝胡子：我们可以很轻易地辨别出她到底是不是天使。让我们来试试，我来装成皇太子，看她进来的时候能不能认出来。

查理：好呀，我同意这么办。如果她不能认出帝王血统，我就再也不理她了。

大主教：鉴定圣女是教会的事情，让德·包椎古尔管好自己的事就行了，不用他来抢着干牧师的活儿。我觉得不应该见这个姑娘。

蓝胡子：可是，大主教——

大主教：（严厉地）我以教会的名义问你。（对皇太子）你还敢说让她来吗？

查理：（被威胁到了，绷着脸）如果你动不动就用开除教籍来说事的话，我当然不能再说什么。可是你还没有读完这封信。德·包椎古尔说她要去解奥尔良之围，还要替我们打败英国人。

拉·特雷木：痴人说梦！

查理：得了吧，你这么爱欺负人，你能去替我解救奥尔良吗？

拉·特雷木：（粗野地）别用这话来吓我，听到了吗？我打的仗，比你打过的仗，以及以后要打的仗加起来都多。可是我不会什么地方都去。

查理： 得了吧，就会说这个。

蓝胡子：（走到大主教和查理中间）在奥尔良，你不是有杰克·杜诺瓦统领全军吗？无畏无惧的杜诺瓦，仪表堂堂的杜诺瓦，战无不胜的杜诺瓦，这个所有女人心目中的白马王子，是一个漂亮俊俏的私生子。连杜诺瓦都办不到的事情，像她这样一个乡下野丫头难道能做到吗？

查理： 那为什么杜诺瓦解不了奥尔良之围呢？

拉·海亚： 风向不对。

蓝胡子： 他在奥尔良，风又怎么碍着他了？又不是在英吉利海峡。

拉·海亚： 在卢瓦尔河的时候，英国人控制了乔头堡。如果想从背后偷袭的话，他必须用船把士兵们运过河，然后逆流而上。可是他没有成功，因为来了一股不知打哪儿来的邪风。他为了让牧师们祈祷刮西风，给他们塞了很多钱。这时就需要奇迹。你告诉我，那个姑娘对臭嘴弗兰克的所作所为不是个奇迹。没关系，反正弗兰克已经死了。如果她能帮杜诺瓦改变风向，就算不是个奇迹，可这样能打败英国人，试试又有什么关系呢？

大主教：（已经读完了信，开始仔细盘算起来）看来她真的给德·包椎古尔留下了不同寻常的印象。

拉·海亚： 德·包椎古尔是一个头脑发热的浑球，可是他是行伍出身，如果他都认为这个姑娘可以打败英国人的话，那么军队那

·29·

些人也会这么想。

拉·特雷木：（对犹豫不决的大主教说）随他们的便吧。就算杜诺瓦能干，可要是激不起士兵们的斗志的话，还是保不住奥尔良。

大主教：在做任何决定之前，教会必须给她验明正身。可是，既然殿下这么要求了，那就让她来宫廷里吧。

拉·海亚：我去告诉她这件事。（他走了出去）

查理：跟我来，蓝胡子，我们先准备一下，这样她就认不出来我了。你要假装是我。（他穿过帷帐走了出去）

蓝胡子：要装成那个玩意儿！哦，圣迈克尔！（他跟着皇太子出去了）

拉·特雷木：我真不知道她能不能认出他来！

大主教：她当然能。

拉·特雷木：为什么？她怎么能知道？

大主教：希农人都知道，她当然也会知道，皇太子是宫廷里长相最猥琐，穿着最邋遢的一个人，也知道留着蓝胡子的那个人是吉勒斯·德·赖伊。

拉·特雷木：我还真没想到这个。

大主教：你不像我，我了解奇迹，我就是专门干这个的。

拉·特雷木：（开始摸不着头脑，接着又有点生气）那样可算不上什么奇迹。

大主教：（冷静地）为什么不算？

拉·特雷木：得了吧！什么叫奇迹啊？

大主教：我的朋友，奇迹就是能创造出信仰的东西。这就是奇迹的目的和属性。对于那些亲眼见到奇迹的人来说，奇迹是非常神奇的东西。可是对于那些表演奇迹的人来说，奇迹又非常简单。这些都无关紧要，只要它能巩固信仰，创造信仰，它们就是真正的奇迹。

拉·特雷木：照你说的来看，欺诈不也成了奇迹了吗？

大主教：欺诈是骗人的。可是能够创造信仰的时候，它就不是欺诈，而是奇迹。

拉·特雷木：（困惑不解地挠了挠脖子）我觉得，既然你能成为大主教，你的话就肯定没错。可是，我总觉得有点不对劲。但我又不是教会的人，也弄不明白这些事。

大主教：你不是教会人士，可你是一个外交官也是一个士兵。要是人们都知道事情的真相，你还能让市民们都交战争税吗，还是能让我们的士兵在战场上都豁出自己的性命。所以我们不能这样做，我们只能让他们相信，发生的事情正如他们心目中所期望的一样。

拉·特雷木：哎呀，我向圣丹尼斯起誓，那样的话肯定会鸡飞蛋打的。

大主教：告诉他们真相是不是也不那么容易？

拉·特雷木：那些人也不会相信的。

大主教：所以啊，教会控制人们的灵魂，而你们控制他们的躯体，这都是为了他们好。教会会像你说的那样，用想象来培养人们的信仰。

拉·特雷木：想象！我应该叫它欺诈。

大主教：你错了，我的朋友。《圣经》里的寓言故事不是谎话，因为它们描述的是那些从没发生过的事情。奇迹也不是欺诈，因为它们经常是——我没有说总是——牧师们为了强化民众们的信仰而编造出的一些简单无害的小故事罢了。当这个姑娘在所有的廷臣中间认出了皇太子的时候，对我来说，这不算个奇迹，因为我知道是怎么回事，因此我的信仰也不会增加。可是对其他人来说，他们会因为这个超自然事件而感到震撼，会在对上帝的赞美中大彻大悟，从而忘记了他们戴罪的肉体。那时候这件事就是个奇迹，还是个神圣的奇迹。并且你会发现，这个姑娘自己会比其他人还要激动。她也忘了到底是怎么样把皇太子认出来的。说不定你也会和她一样激动呢。

拉·特雷木：我真希望我更聪明点，这样就能知道你到底是上帝的大主教，还是都兰最狡猾的狐狸。快走吧，再晚就错过好戏了，不管是真是假，我倒想看看。

大主教：（拦住他）别以为我喜欢这些邪门歪道。现在人民中间兴起了一股新思潮，我们正处在伟大新时代的黎明时分。如果我们只是一个不需要统治民众的小小教徒，我会从亚里士多德和毕达哥拉斯那里寻求精神上的平静，而不是和这些圣徒、奇迹打交道。

拉·特雷木：这该死的毕达哥拉斯是谁？

大主教：一位圣贤，他认为地球是圆的，围着太阳转。

拉·特雷木：真是一个彻头彻尾的傻瓜！他没长眼睛吗？

他们一起穿过帷幕走出去。帷幕又被拉开，宫廷王座室的全景展现开来，宫廷所有人都集合完毕。右边的高台上有两个王座。蓝胡子做作地站在高台上，来假扮国王。他也像其他廷臣一样，脸上明显摆着一副看好戏的神情。高台后面的墙上有一个用帘子遮着的拱门；房间另一端的大门处，有全副武装的卫兵在把守；廷臣分站在两侧，中间留出了一条穿过室内的小道。查理站在小道的中间，右边是拉·海亚，大主教在他左边的高台旁就坐，拉·特雷木在高台另一边落座。在大主教身后，拉·特雷木公爵夫人假扮王后，坐在王后椅上，一大堆的侍女站立一旁。廷臣们正在喋喋不休地议论着，没有人注意到侍童出现在门口。

侍童：凡多姆——（没有人听到他说话）凡多姆——（还在说个不停。看到他们不理会自己的通报，他一把夺过旁边卫兵的戟，使劲在地板上敲了几下。嘈杂声才渐渐停下来，每个人都默不作声地看着他）静一下！（把手里的戟还给卫兵）凡多姆公爵引荐少女贞德前来觐见陛下。

查理：（把手指放到嘴唇上）嘘！（他藏在旁边的一个廷臣身后，偷偷地往外瞄，想看看发生了什么）

蓝胡子：（神气十足）带他们上殿。贞德打扮得像个士兵，剪短的浓密头发盖到了脸上，被一位胆小寡言的贵族领了进来。她离开那个贵族，站定，环顾四周，急切地找着皇太子。

公爵夫人：（对身旁站着的侍女说）天啊！看她的头发！

在场所有的女人都忍不住哈哈大笑起来。

蓝胡子：（尽力忍着不笑，挥挥手想制止她们嬉笑）嘘——嘘！女士们！女士们！

贞德：（丝毫不觉得尴尬）我穿成这样是因为我是一名士兵。皇太子在哪里？

她向王座走过去，人群里发出一阵窃笑。

蓝胡子：（装出一副宅心仁厚的样子）你现在就站在皇太子的面前。

贞德迟疑地看了他一会儿，又上上下下仔细打量着他，想要确认一下。屋里一片死寂，所有人都盯着她。她脸上露出一丝微笑。

贞德：哎呀，蓝胡子！你骗不了我。皇太子呢？

人们哄堂大笑，吉勒斯也做了个认输的手势，信服地笑起来。他从王座上跳下来，站到拉·特雷木的身旁。贞德也咧嘴笑着，转过身在群臣中间搜寻着，然后一伸手，从一个大臣身后拉住了查理的胳膊，把他拽了出来。

贞德：（放开他，向他屈膝行礼）仁慈的小太子，我来这儿是为了把英国人赶出奥尔良，赶出法国，是为了在兰斯大教堂给你加冕，那里是给真正的法国国王加冕的地方。

查理：（得意扬扬地对廷臣说）你们都看到了吧，她能知道谁有帝王血统。现在谁还敢说我不是我父亲的儿子？（对贞德说）要是你想给我在兰斯加冕的话，你必须要和大主教商量，而不是和我。他在那儿呢。（说着就躲到了她身后）

贞德：（赶紧转过身，充满感情地说）噢，大人！（她双膝跪倒在他面前，垂着头，不敢抬眼看他）大人，我只是一个可怜的村姑，你身上却满是上帝的恩宠和荣光，你愿意用你的手抚摸一下我，给予我你的庇佑吗？

蓝胡子：（低声对拉·特雷木说）那老狐狸的脸红了。

拉·特雷木： 又是一个奇迹！

大主教：（伸出手来，把它放到贞德的头上）孩子，你对宗教满是热忱。

贞德：（大吃一惊，抬眼看他）我吗？我从来没有往这上面想过。有什么不好吗？

大主教： 没有什么不好，我的孩子。只是这很危险。

贞德：（站起来，脸上绽出阳光般的笑脸，是那种无知无畏的快乐微笑）人总会遇到危险，除非是进了天堂。我的大人，你给予了我如此强大的力量和勇气。做一名大主教，一定是一件了不起的事情。

廷臣们放声大笑起来，中间还夹杂着哧哧的笑声。

大主教：（严肃地挺直了身子）先生们，这位姑娘虔诚的信仰是对你们轻浮行为的谴责。我，有上帝的帮助，不足以道，可是你们的轻浮却犯了死罪。

所有人的脸马上沉了下来，周围死一般安静。

蓝胡子： 大人，我们是在笑她，不是在笑你。

大主教： 什么？那么说你们不是笑我的微不足道而是笑她的虔诚信仰！吉勒斯·德·赖伊，这个姑娘预言过，任何亵渎上帝的人都会背负罪名——

贞德：（哀伤地）不！

大主教：（示意她安静下来）我现在预言，要是你们再不学学什么时候该笑，什么时候该祷告，你们最终都会被绞死的。

蓝胡子：老爷，我接受你的谴责，很抱歉，我没什么可辩解的了。即使你预言我会被绞死，我也难以抗拒犯罪的诱惑，因为我总是告诉自己，横竖都要被绞死，如果不能流芳百世，还不如遗臭万年呢。

廷臣们听到这里，又开始哧哧地笑起来。

贞德：（大为震惊）蓝胡子，你真是一个不知羞耻的家伙，你竟然对大主教这么放肆地说话。

拉·海亚：（咯咯笑起来）说得好，说得好，姑娘！

贞德：（有些不耐烦，对大主教说）大人，你能把这些蠢东西赶走吗，我想和皇太子单独说会儿话。

拉·海亚：（高兴地）我明白了。（他行了礼，然后转身出去了）

大主教：走吧，绅士们。这位少女是身负圣命而来，我们必须按她说的做。

廷臣们从两个门陆陆续续退了出去。大主教阔步走向门口，公爵夫人和拉·特雷木跟在后面。当大主教走过贞德身边的时候，贞德双膝跪倒，深情地亲吻他的衣角。他本能地摇了摇头，以示规诫，然后收拢衣裾，走了出去。贞德仍然跪在那里，挡住了公爵夫人的路。

公爵夫人：（冷冷地）请让我过去行吗？

贞德：（匆忙站起身来，往后退了一步）真是抱歉，夫人。公爵夫人走了过去，贞德的目光追随着她的背影，然后低声对皇太子耳语。

贞德：那是王后吗？

查理：不，她自己觉得是而已。

贞德：（再一次看着公爵夫人的背影）哎——哟——哟！（她发出惶恐的惊叫声，可并不是出于对这位穿戴雍容华贵的夫人的敬畏）

拉·特雷木：（非常生气）我恳请阁下不要嘲笑我的妻子。（他走了出去，其他人也都早已离开）

贞德：（对皇太子说）那个粗声粗气哭丧着脸的老家伙是谁？

查理：她是德·拉·特雷木公爵。

贞德：是干什么的？

查理：他总想把持军权，我原来有一个可以交心的朋友，就被他杀了。

贞德：就让他为所欲为吗？

查理：（赶紧逃到王座那边的角落去，从她的"磁场"里逃开）我怎么能阻止他呢？他总是欺负我。他们所有人都来欺负我。

贞德：你害怕他们？

查理：对，我害怕他们。你给我讲大道理也没有用，我就是怕他们。他们都五大三粗的，我穿不上他们的盔甲，也提不起他们的宝剑，他们经常朝我大喊大叫，乱发脾气。他们就喜欢打仗，不打仗的时候就拿大把的时间来钩心斗角。可是我喜欢安静，也不想打打杀杀，只想一个人享受我自己的生活。我从不想当国王，只是不得已而已。所以如果你要说"圣路易的子孙们，拎上你祖先的宝剑，带领我们去取得胜利吧！"那你还是省省力气吧，我做不到。我天生就不是那块料，这就是我要说的。

贞德：（语调尖锐，却很有威严）胡说！万事开头都这样。我会给予你勇气。

查理：可是我不想让你给我勇气。我只想在舒服的床上好好地睡觉，而不是整天活在被人暗算的无尽恐惧中。你还是把勇气给别人吧，让他们去打个够，就别来烦我了。

贞德：这样是没有用的，查理，你必须面对上帝赋予你的使命。如果你不能称王，你就只能成为一个乞丐，除此之外你还会干什么呢？来吧！让我看看你坐在王座上的样子。我已经期待这一刻很久了。

查理：就算是坐上了王座又怎么样，还不是要受别人的摆布？算了！（他坐上王座，显得可怜巴巴）这就是你想要的国王！好好看看这个可怜虫吧。

贞德：你还不是国王呢，小伙子，你只不过是个皇太子。你再也不要听你身边那些人的摆布了。他们穿得再好也弥补不了空空如也的脑袋。我了解百姓，就是你的那些衣食父母们。我告诉你吧，在他们看来，只有那些头发上涂了圣油，在兰斯大教堂加冕过的，才是真正的法国国王。你需要新衣服，查理。王后是怎么照料你的啊？

查理：我们太穷了，王后把所有能花的钱都花在她自己身上了。并且，我喜欢看她打扮得漂漂亮亮的，我不在乎我自己穿什么，反正我已经长得这么难看了。

贞德：你还是有优点的，查理，可是这并不是身为一个国王应该有的优点。

查理：走着瞧吧。我并不像我看起来那么傻。我自己睁着眼睛呢。我可以告诉你，一个好的条约能抵得上十场战争，那些战争贩子们肯定会在条约里把他们打仗得来的东西丢得精光。如果我们只能订立一个条约，英国人肯定会倒大霉的，因为他们只会打仗不会动脑。

贞德：如果英国人赢了，只能由他们来订立条约了，到那个时候，也只能靠上帝来保佑我们可怜的法兰西了！你必须去战斗，查理，不管你愿不愿意。我先得让你振奋起来。我们要打起十分的精神——当然，还得双手合十，虔诚地祈祷，让上帝赐予我们力量。

查理：（慢慢地从王座上下来，从屋子里穿过去，来躲避她那霸气十足的咄咄逼问）噢，不要再和我说上帝了，不要再说什么祷告了。我可受不了那些天天祷告的人。本来在规定的时间内做祷告就是一件非常糟糕的事情了，不是吗？

贞德：（可怜他）你这个可怜的孩子，在你的生命里从没有过祷告这回事。我必须得从头教教你。

查理：我不是什么孩子，我是一个成年人，还是一个父亲呢，我用不着任何人来教我。

贞德：是呀，你有一个小儿子。等你死了，他就成了路易十一了。难道你不愿意为他而战吗？

查理：不愿意，他是个让人讨厌的孩子。他恨我，恨所有的人，是个自私自利的小兔崽子！我可不想操心孩子的事。我不想做父亲，不想做儿子，尤其不想做圣路易斯的子孙。我不想去做你满脑子想的那些好事，我只想做我自己。你为什么不管好你自己的事，却要来管我的事？

贞德：（瞧不起他）管自己的事，就像管自己的身体是一样的，可能病得更快。什么是我的事？在家帮母亲做家务。什么是你的事？玩小狗，吃棒棒糖。照我说，那都是些屁事。我告诉你，我们该做的是上帝让我们做的事，而不是我们自己的事。我从上帝那里领了圣命给你，哪怕你吓得胆战心惊也必须要听从。

查理：我不想领什么圣命，可你能告诉我一个秘密吗？你能包治百病吗？你能点石成金吗？或者变成别的金贵东西也行。

贞德：我可以把你变成国王，在兰斯大教堂加冕的国王。不过要做成这件事看起来还挺费劲的。

查理：如果我去兰斯大教堂行加冕礼，安妮也会想要条新裙子，我可买不起，我自己的话，穿成这样就行啊。

贞德：穿成这样！就现在这样吗？还不如我父亲那个最寒酸的牧羊人穿的好呢。你只有受了祝圣礼，才会成为法国国土上名正言顺的国王。

查理：可是不管怎么样，我也成不了法国合法的国王啊。祝圣礼能帮我偿还债务吗？我把自己的最后一块儿地都押给大主教和那个野蛮的胖子了。我甚至还欠着蓝胡子的钱。

贞德：（苦口婆心）查理，我是个村姑，我的力量也是我在地里干活时得来的，我告诉你，土地是你的，你应该去合法统治它，并且让这片土地永享安宁，而不是把它送进当铺，像是一个醉婆娘当掉孩子的衣服一样。我从上帝那里来，要来告诉你去教堂里下跪，恭恭敬敬地把国土永远供奉给上帝，像上帝的管家、执法者、士兵、仆人——成为世界上最伟大的国王。这样我们的国土就会成为神圣不可侵犯的土地，我们的士兵也就成了上帝的战士，那些造反的贵族就是在反叛上帝。那个时候，英国人就会跪地求饶，乞求你让他们平安地回到自己的国家。难道你想成为卑鄙的犹大，出卖我和派我来到这里的上帝吗？

查理：（最终被说动了）可是，我不敢啊！

贞德：以上帝的名义，我说到做到，敢作敢当！你是同意还是不同意啊？

查理：（兴奋地）我要冒险试试，不过丑话说在前面，我可能不会坚持到底，只是试试而已。你等着瞧吧。（跑到大门那里喊道）喂！都给我回来。（又跑回拱门对面，对贞德说）记住站在我身边，不要让我受欺负。（穿过拱门）你们都过来，大臣们都过来。（廷臣们好奇地嘟囔着，匆匆回到他们原来的位置，这时候查理也在王座上坐下来）我只有全力以赴啦。无所谓了，来吧！（对侍童说）让他们给我安静点儿不行吗，你这个小崽子！

侍童：（又一把抢过来戟，像之前那样使劲敲着地面）国王陛下让你们安静。国王有话要说。（专横地）你们怎么还不闭嘴？（静下来）

查理：（站起来）我刚才已经把军队的指挥权给了这位少女。所有事情都由她全权做主。（从高台上退下）

所有人都大吃一惊。拉·海亚大喜过望，用金属手套拍着腿上的钢甲。

拉·特雷木：（转向查理，威胁他）这算什么？我才能指挥军队。

查理本能往后退的时候，贞德迅速地把手放在查理的肩膀上。查理被逼上绝路，只得用一种奇怪的方式来反抗——他做了一个十分放肆的动作，在侍卫长的脸上弹了一个响指。

贞德：这就是你的回答吗，蛮横的老家伙。（她预感到时机已到，突然锵啷一声拔出宝剑）为了上帝和他的少女？谁和我一起杀到奥尔良去？

拉·海亚：（着了魔似的，也跟着把剑拔出来）为了上帝，为了他的少女！杀到奥尔良去！

所有骑士：（在他的带领下，群情激动）杀到奥尔良去！

贞德英姿勃发，跪地感谢上帝。所有人都跪下，只有大主教站在那里，做出祈福的手势，拉·特雷木瘫软在地上，嘴里不停咒骂着。

第三场

　　一四二九年四月二十九日，奥尔良。在银色卢瓦尔河的南岸
空地上，二十六岁的杜诺瓦正在来来回回地踱步，两岸风光尽收眼
底。长矛上的小三角旗在强劲的东风中飘动。一面带有一条左斜线
线条的盾牌放在长矛的旁边。他手握指挥杖，身体孔武有力，身披
盔甲也不在话下。宽宽的前额，尖尖的下巴让他这张历经战火、身
负重责的脸看上去像一个正三角形。一看就知道他是一个性格温
和、有才干的男人，这种男人不会什么矫揉造作，也没有什么愚蠢
的幻想。他的侍童正坐在草地上，胳膊支在膝盖上，手捧着脸，意
兴阑珊地看着河水。时间已近夜晚，主仆二人都被卢瓦尔河上的美

景所吸引。

杜诺瓦：（停了一下，抬头看着飘扬的小三角旗，不耐烦地摇了摇头，又开始踱步）西风，西风，西风。你这婊子，让你刮的时候你不刮，不让你刮你还偏刮，西风吹过卢瓦尔河——什么词能和"卢瓦尔河"押韵来着？（他又看了看小三角旗，冲着它挥了挥拳头）改风向啊，该死的，倒是给我改啊，你这个英国的娼妇，快点改啊。西风，西风，我和你说话呢。（一阵咆哮过后，他又开始沉默地踱步，过了一会儿，又故技重施）西风，我要西风，你这个水上吹来的浑蛋西风，臭婊子，王八蛋，你就再不来了吗？

侍童：（从地上一跃而起）看啊！看那儿！是她来了！

杜诺瓦：（一下子从白日梦中惊醒，急切地）哪儿？谁来了？是那个少女吗？

侍童：不，是只翠鸟。像道蓝色闪电似的，一下子飞到那边的灌木丛里了。

杜诺瓦：（大失所望）就那个？你这个可恨的小白痴，我真想把你扔进河里去。

侍童：（了解他的为人，所以并不害怕）可好玩了，像是一道蓝色的光。看！又来了！

杜诺瓦：（急切地跑到河岸上）哪儿？在哪儿？

侍童：（用手指着）飞过芦苇丛了。

杜诺瓦：（高兴地）我看到了。他们一直盯着那只翠鸟，直到看不见为止。

侍童：你冲着我发火是因为昨天援军没有赶来。

杜诺瓦：你知道我一直等着那个少女，这个节骨眼上你却在那儿给我乱喊乱叫。我下次得给你点颜色瞧瞧，再让你在那儿乱叫。

侍童：那些鸟不好看吗？我真想抓住它们。

杜诺瓦：要是让我抓到你逮鸟的话，就把你关在铁笼子一个月，让你也尝尝待在笼子里的滋味。你这个遭人嫌的小子。（侍童大笑起来，又像刚才那样蹲到了地上）

杜诺瓦：（踱着步）蓝鸟啊蓝鸟，"我与君为友，给我换换风"。不对，还是不押韵。"君与我为仇"，这样就好多了，可是意思又不对。（发现自己又走到了侍童身边）你这个讨厌的小子！（转过身，又走掉了）扎着翠鸟般蓝色发带的玛丽啊，你就那么不舍得给我点西风吗？

西边一个哨兵的声音：站住！来人是谁？

贞德的声音：少女。

杜诺瓦：让她过来。到这儿来，少女！到我这儿来！

贞德身着一件闪闪发亮的盔甲，怒气冲冲地跑了过来。风停了，小三角旗无力地垂在长矛上，杜诺瓦的注意力都被贞德吸引过去了，没有注意到这一切。

贞德：（开门见山）你是奥尔良摄爵吗？

杜诺瓦：（态度凛然，冷冷地指着他的盾牌说）你自己看看上面的斜线。你是少女贞德？

贞德：当然。

杜诺瓦：你的军队呢？

贞德：在离这儿几英里的地方。他们骗了我，他们领错了路。

杜诺瓦：是我让他们那么做的。

贞德：你为什么那么做？英国人是在对岸呢！

杜诺瓦：河两岸都有英国人。

贞德：可是奥尔良在对岸啊。我们必须去那里打英国人，可怎么过河啊？

杜诺瓦：（严肃地）有桥。

贞德：上帝保佑，我们赶紧过桥吧，给他们来个迎面痛击。

杜诺瓦：说着容易，实则做不到。

贞德：谁说的？

杜诺瓦：我说的。那些比我老练比我聪明的参谋也都这么说。

贞德：（粗鲁地）这么说来，你那些老练又聪明的参谋都是大傻瓜，他们要了你，现在他们还想要我，竟然带我走了错路。你不知道我给你带来的帮助，比以前那些将军，那些城池给你带来的都大吗？

杜诺瓦：（温和地笑起来）就凭你自己？

贞德：不，凭上帝所给的神助和奉劝。通向那座桥的路在哪儿？

杜诺瓦：你真没有耐心，少女。

贞德：现在是谈论耐心的时候吗？敌人就在我们的家门口，我们却在这里无动于衷。噢，你为什么不去打仗？听着，我要把你从恐惧中解救出来。我——

杜诺瓦：（开怀大笑起来，摆摆手示意她不必说了）不，不，姑娘，如果你把我从恐惧中解救出来的话，我就成了故事书里的英勇骑士，可在军队里我就成了不合格的指挥官了。来吧，让我先把你变成一名士兵吧。（他把她领到水边）你看到了桥那头的两个桥头堡了吗？那两个大的！

贞德：看到了。那是我们的还是天杀的英国佬的？

杜诺瓦：安静点，听我说。如果每个桥头堡，我只带十个士兵驻守，那么我就能抵抗得了一支军队。现在英国人却派了不止一百个天杀的英国佬驻扎在那里，来阻拦我们。

贞德：可是他们拦不住上帝。上帝是不会把桥头堡下面的土地给他们的，是英国人从上帝那里偷走了它。上帝既然把土地赐予了我们，我就要攻下桥头堡。

杜诺瓦：单枪匹马？

贞德：我们的人民会攻下桥头堡，我来带领他们。

杜诺瓦：没有人会跟你去。

贞德：我是不会回头看身后有没有人跟着我的。

杜诺瓦：（了解了她的勇气，高兴地拍了拍她的肩头）很好。你的内心已经是一名战士了——你喜欢战争。

贞德：（大吃一惊）哎呀，可是大主教说我热爱宗教呢。

杜诺瓦：上帝宽恕我吧，我自己倒是有点喜欢战争这个丑陋的魔鬼！我像是有两个老婆的男人，你想当有两个丈夫的女人吗？

贞德：（一本正经地）我永远也不会结婚。图勒有个男人告我悔婚，可是我从来就没有和他订立过婚约。我是一个士兵，我可不想去考虑那些姑娘家的事情，也不会打扮成姑娘的样子，更不会去在意姑娘家关心的事。她们不是在想情人就是在想钱财，我却想冲锋陷阵，排兵布阵。你的士兵们不知道该如何用大炮，而你却认为打胜仗靠得就是大嗓门和放放枪，冒冒烟。

杜诺瓦：（耸了耸肩）这倒是实话。大多数时候，大炮给我们带来的麻烦比它发挥的作用还大。

贞德：是呀，伙计，可是用马队来对付石头墙可不行，你必须得用大炮，就是比枪大很多的那个。

杜诺瓦：（笑嘻嘻地模仿着她这种自来熟的态度）是呀，丫头，可是一颗勇敢的心和一个结实的梯子也能翻过最坚固的高墙。

贞德：摄爵，如果我们到了桥头堡，我会第一个爬上梯子。你敢跟着我上吗？

杜诺瓦：你不要对一个指挥官用激将法，贞德，只有那些小军官们才会由着性子逞英雄。还有，你必须知道，我是把你当成圣女来欢迎的，而不是一个士兵。要是冒失鬼能帮我打胜仗的话，我可以随意差遣，想要多少有多少。

贞德：我不是个冒失鬼，我是上帝的仆人。我这把剑是圣剑，是在圣凯瑟琳大教堂的祭坛后面找到的，上帝特意给我藏在那里的。它不可以用来杀人，可是我的内心却充满了勇气，而不是愤怒。我领头，你的人民也会追随我，这就是我要做的，这也是我必须做的，你拦不住我的。

　　杜诺瓦：先别急。靠突围过桥，我的人民攻占不了桥头堡。他们必须走水路，然后从这个方向给英国人来个背后袭击。

　　贞德：（显示出她的军事判断力）那就做木筏，把大炮放在上面，然后让你的人过河赶上我们。

　　杜诺瓦：木筏已经准备好了，士兵们也都坐上了船，可是他们都必须等待上帝的旨意。

　　贞德：什么意思啊？是上帝在等他们行动呢。

　　杜诺瓦：那让上帝给我们送风来吧。我的船在下游，它们不可能逆风逆水而上啊。我们必须等上帝变变风向。来吧，我带你去教堂。

　　贞德：不。我喜欢教堂，可是英国人不听祷告，他们什么也不懂，只知道打打杀杀。不打败他们，我决不去教堂。

　　杜诺瓦：你一定要去，我在那里给你安排了要紧的事。

　　贞德：什么要紧事啊？

　　杜诺瓦：去祷告啊，让上帝赐予我们西风。我已经祷告过了，还供奉了两个银蜡台。可是我的祷告并没有得到回应，你的祷告可能有用，你年轻又纯洁。

　　贞德：话是没错。我会去祷告的，告诉圣凯瑟琳，她会让上帝赐给我们西风。快点，告诉我教堂在哪儿。

　　侍童：（打了一个大喷嚏）啊——啾！

　　贞德：上帝保佑你，孩子！走吧，摄爵。他们走出去。侍童站起来要紧随他们下去。他拿起盾牌，正要把长矛拔起来的时候，发现小三角旗正在随风朝东飘动。

侍童：（扔下盾牌，兴奋地高声喊他们两个）老爷！老爷！小姐！

杜诺瓦：（跑了回来）什么事？又是翠鸟吗？（他急切地向河面望去）

贞德：（也赶了过来）啊，翠鸟！在哪儿？

侍童：不是鸟，是风，风，风！（指着小三角旗）就是这个让我打喷嚏的。

杜诺瓦：（看着小三角旗）风向变了。（在胸前画着十字）上帝已经发话了。（跪下，把指挥杖交给贞德）你来指挥上帝的军队，我是你的士兵。

侍童：（看着河的下游）船队已经出发了，像飞一样往上游驶过来。

杜诺瓦：（站起来）现在攻打桥头堡。你刚才激我跟随你，现在你敢冲在前面吗？

贞德：（眼泪夺眶而出，用胳膊紧紧箍住杜诺瓦，亲着他的两个脸颊）杜诺瓦，我亲爱的战友，帮助我吧。我的眼睛都被眼泪给迷住了。把我扶到梯子上，然后告诉我："上，贞德。"

杜诺瓦：（吃力地把身子挣脱出来）别去管什么眼泪了，冲向大炮的火光就对了。

贞德：（信心百倍）好！

杜诺瓦：（拉着她冲了下去）为了上帝，为了圣丹尼斯，冲啊！

侍童：（尖叫）少女！少女！上帝和少女！呼——啦——啦！

（他抓起盾牌和长矛，欢呼雀跃地跟着他们跑了下去）

第四场

　　英军营地的一个帐篷里，坐着一个脖子粗短的随军神父，五十岁左右的年纪，正坐在一个凳子上在桌子上艰难地写着什么。桌子的另一头是一个威风凛凛的英国贵族，年纪四十有六，正坐在一把漂亮的椅子上翻阅金尼写的《定时祷告书》。这位贵族怡然自得，而牧师却在强忍愤怒。一个空皮凳放在贵族的左手边，右手边是那张桌子。

　　贵族：哎，这才叫做工精良。世界上再也没有什么比这本书更精巧漂亮了。这一排排位置得当、颜色饱满的黑字，还镶着美丽的黑色边框；这些插图编排得多么巧妙。可是现在，人们反倒不去欣

赏它们，而只是读它们。看看你写的那些培根，麦麸的账本，照这样下去，它也能算得上是本书了。

神父：爵爷，我必须告诉你，你对我们的处境真是漠不关心，是非常的不关心。

贵族：（傲慢地）那又有什么关系？

神父：关系是——咱们英国人输了，爵爷。

贵族：事情已经那样了，你也知道的。常胜不败是史书和民谣里才有的事。

神父：可是我们已经是一而再，再而三地吃败仗了。第一次是，奥尔良——

贵族：（嗤之以鼻）噢，奥尔良！

神父：我知道你要说什么，爵爷，你要说"很显然那是一场魔法妖术的战例"。可是我们一直在吃败仗，雅尔若、默恩、博让西，也都和奥尔良一样。现在我们只能在帕泰坐以待毙，连约翰·塔尔博特爵士也都成了别人的阶下因。（他扔下笔，几乎要哭出来）爵爷，我是感同深受啊！我不忍看到我的同胞被一帮外国人打败。

贵族：噢！你祖上是英吉利人吗？

神父：当然不是，爵爷，我是一个上流绅士。和阁下一样，我生在英国，可是这又有什么关系呢？

贵族：你跟土地有依附关系吧？

神父：阁下就是爱用话挖苦我，拿我寻开心，反正你的贵族特权也不会让你受到什么惩罚。可是阁下非常清楚，我跟土地的关系不是像农奴跟土地的关系那样粗俗。我对它有深深的感情，（越来越激动）我不会以此为耻，（疯狂地站起来）上帝为证，如果事态再这样发展下去的话，我就脱下神父这身衣服，拿起武器，亲手勒死那些可憎的女巫。

贵族：（宽容地对他笑着）你可以那么做，神父，如果你没什么更好的事情做的话。不过不是现在，现在还远不是时候。神父悻悻地又坐了回去。

贵族：（轻松地）我倒不是很在意那个女巫——你知道，我已经去圣地朝过圣了，天上的神明就算是为了顾全自己的面子也不会让我轻易地败给一个乡村女巫的。可是那个奥尔良摄爵是个难对付的家伙，他也去圣地朝过圣。考虑到这一点，我们很自然地会尊重对方。

神父：他只是一个区区法国人，阁下。

贵族：一个法国人！你从哪里找来的这个词？是勃艮第党人？布里多尼人？皮卡第人还是那些加斯科涅人，到底是谁开始怎么称呼自己的，就像我们的同胞开始称呼自己英国人一样吗？那他们也把法国和英国说成自己的国家喽。是他们的国家，知道吗！如果人们都用这个思路想问题，那我和你成什么了？

神父：怎么了，阁下？和我们有关系吗？

贵族：一人不能侍奉二主。一旦这个为自己国家服务的口号迷住了人们的心智，那他们封建领主的权威往哪儿放，教会的权威又往哪儿放。也就是说，我和你也就都完蛋了。

神父：我希望做教会的一个忠实的仆人，并且征服者威廉大帝钦定的司托干巴男爵是我隔了六辈的远亲。就冲着这个原因，难道我就该冷眼旁观那个法国私生子和那个从香槟省乡下来的女巫打败我们的英国同胞吗？

贵族：放松点儿，伙计，放轻松。等时机一到，我们就烧死女巫，打败私生子。实际上，我现在正在等博韦主教和他商量火刑的事。这位主教刚被自己那一派给赶了出来。

神父：可是阁下，你必须先抓到她呀。

贵族：买她也是可以的。我可以出一个国王身价的赎金。

神父：一个国王身价的赎金！为了那个婊子！

贵族：一个人做事要给自己留有余地。会有查理的人把她卖给勃艮第党人的，而勃艮第党人又会把她卖给我们，可能会经三四个人的手，但是不会费很多事。

神父：太可怕了。这些是那些犹太恶棍干的事情，东西每转一次手，他们就从中赚次钱。如果由着我的性子的话，我不会让一个犹太人活在基督教世界里。

贵族：为什么？犹太人还是诚信的。他们让你付钱，却也交得出货来。在我的经验里，那些想空手套白狼的人都是基督徒。（侍童上来）

侍童：博韦主教古雄大人到了。年近六十的古雄进来了。侍童退了下去。两个英国人站了起来。

贵族：（谦卑之情溢于言表）亲爱的主教大人，您能来真是太好了！请允许我介绍一下自己，我是理查德·德·博尚，沃里克伯爵，愿为您效劳。

古雄：久闻爵爷大名。

沃里克：这位可敬的神职人员是约翰·德·司托干巴先生。

神父：（流利地）约翰·鲍耶·斯宾塞·内维尔·德·司托干巴愿意为您效劳，大人。我是神学学士，温彻斯特红衣大主教的掌玺官。

沃里克：（对古雄说）就是你们所说的英国红衣大主教——是我国国王的叔父。

古雄：司托干巴神父，我和红衣大主教阁下是交情很深的朋友。（他伸出手，神父亲吻他的指环）

古雄庄严地弯身行礼，被请到上座落座。沃里克随手搬来皮凳，在他前面坐下。神父也回到了他自己的座位上。

沃里克在次席坐下，虽然貌似很敬重主教，可是一进入正题，他就理所当然地唱起了主角。他依然兴致勃勃，话也滔滔不绝，可是话里话外却是公事公办的样子。

沃里克：好了，主教大人，我觉得我们现在的情况不容乐观。查理要在兰斯加冕，实际上是洛林的一个小丫头要给他加冕，并且——我肯定不想骗你，但也不想阿谀逢迎——我们无法阻止这件事。我认为这件事会让查理的地位产生翻天覆地的变化。

古雄：毋庸置疑，确实这样。这正是那个少女的狡猾计谋。

神父：（再一次激动起来）我们不会被这么轻易打败的，大人。没有哪个英国人会轻易言败。

古雄轻轻地挑了挑眉毛，又立刻恢复了原来的表情。

沃里克：我们的这位朋友认为那个年轻的姑娘是一个女巫。如果这件事是真的，我斗胆提议红衣主教阁下把她送到宗教裁判所去进行审批，并按其罪行处以火刑。

古雄：如果她在我的教区被抓到的话，我会这么做的。

沃里克：（感觉他们的关系很熟络）既然这样的话，那我可以肯定，那个姑娘是个女巫已经是毫无争议的事实了。

神父：远不止如此呢，她是一个地地道道的女巫。

沃里克：（因为他们插话，温和地责备道）约翰神父，我正在征求主教大人的意见呢。

古雄：我们必须要考虑的不单单是在座各位的意见，还有法国法庭的意见——也可以说是他们的偏见。

沃里克：（更正道）是天主教法庭，大人。

古雄：天主教法庭也是由世俗人组成的，和其他法庭一个样，它们的职责和启示都是神圣的。如果那些人（按现在的流行说法）是法国人，那么我恐怕，光是英国军队被法国人打败这件事，就不能让他们信服这其中会有什么巫术。

神父：什么！连大名鼎鼎的塔尔博特爵士都吃了败仗，让一个从洛林山沟里出来的小婊子给俘虏了，这里面难道没有巫术吗？

古雄：约翰·塔尔博特爵士，以英勇善战、令敌人闻风丧胆而闻名。可是我们还要知道，他是不是一个有才干的将军？虽然你刚才说他是被那个姑娘打败的，我们一些人都认为，这里面也有一些杜诺瓦的功劳。

神父：（不屑一顾）就那个奥尔良的私生子！

古雄：让我想想——

沃里克：（插话）我知道你要说什么，大人。杜诺瓦在蒙塔日打败了我们。

古雄：（低着头）以这件事为证，我倒觉得这个杜诺瓦摄爵确实是一个有才干的指挥官。

沃里克：大人真是谦卑有礼的典范。我承认，在我们看来，塔尔博特只是一只好斗的动物，他在帕泰被抓也许是他活该。

神父：（恼火）爵爷，在奥尔良的时候，这个女人的喉咙已经被英军的箭给刺穿了，有人看见她像一个孩子似的哭喊着。那是一个致命伤，可她还是打了一整天的仗，当我们的士兵像真正的英国人一样击退她所有的袭击以后，她独自一人走向我们堡垒的外墙，手上还举着一面白旗，这时我们的人都瘫软无力，既不能射击也不能进攻，就在这时，法国人冲向我军，把他们赶到桥上。这时桥立刻被点着，火光冲天，我们的人立刻四下逃窜，有的还跳到了河里，河里被淹死的人尸骨成堆。这是你那位私生子的谋略吗？那些火难道不是地狱之火吗？不是女巫施法招来的吗？

沃里克：请原谅约翰神父的愤怒，大人。可是这也是我们的看法。杜诺瓦是一个大将，这我们都承认，可是为什么在那个女巫来之前他却一直无所作为呢？

古雄：我并没说过那个姑娘没有超自然的力量。可是那面白旗上的名字并不是撒旦魔鬼的名字，而是我主和圣母的圣名。你们那个被淹死的指挥官——我记得你们叫他克拉兹大——

沃里克：格拉斯德，威廉·格拉斯德爵士。

古雄：格拉斯——德，哦，算了。他不是虔诚的教徒，我们很多人都认为他是因为冒犯了那位少女，所以被淹死了。

沃里克：（开始半信半疑起来）算了吧，大人，我们能从这里推断出什么呢？难道那个少女也转变了你的信仰？

古雄：爵爷，如果她这样做了，那我会更清楚我到这儿来只是自投罗网而已。

沃里克：（轻描淡写地反对道）哎！哎！大人！

古雄：如果是魔鬼在利用这个姑娘——并且我相信是魔鬼——

沃里克：（又重拾信心）哈！你听见了吧，约翰神父？我知道你的主教大人是不会让我们失望的。请原谅我的插话，你们继续。

古雄：如果真是那样的话，魔鬼的眼光倒比你们长远得多。

沃里克：真是这样吗？从哪儿可以看出来？听听这话，约翰神父。

古雄：如果魔鬼要那个农村姑娘下地狱的话，你觉得他会为了这点小事去付出六场战役失败的代价吗？不，大人。如果这个姑娘能这么轻易地下地狱，那随便一个不中用的小鬼都能办到。这种鸡毛蒜皮的小事用不着黑王子屈尊降贵。他不出手则已，一旦出手就会冲击天主教教会，它所代表的领域是整个人类宗教世界。他不破坏则已，一旦破坏就是破坏全人类的精神世界。为了反抗必死的命运，教会也会站出来誓死抵抗。我看这个姑娘也是他利用的一个棋子。她是受过感召，不过是恶魔的感召。

神父：我告诉过你了，她是个女巫。

古雄：（激动地）她不是个女巫，她是个异教徒。

神父：这有什么差别吗？

古雄：你一个小小的牧师，竟敢如此对我说话！你们英国人总是出奇的愚钝，其实所谓的所有巫术都可以有合理的解释。那个女人的奇迹不可能施加到一个兔子上吧。她自己也从没说那些是奇迹啊。她的胜利所能证实的事情，只不过是比起你们那个爱骂人的格拉斯德和那个疯牛似的塔尔博特，她有个转得更快的脑瓜，有信仰的勇气。即使那是个错误的信仰，可是终究比愤怒的勇气持续的时间久吧？

神父：（几乎不相信自己的耳朵）主教大人是把约翰·塔尔博特爵士，这个三次连任的爱尔兰总督比作一头疯牛吗？！！

沃里克：你要是这样说可不大合适，约翰神父，因为你和这个男爵还隔着六辈呢。可我是个伯爵，塔尔博特只不过是个骑士而已，所以我斗胆用了这个比方。（对古雄说）大人，我们关于巫术这方面的争论就到此为止吧。可是，我们还是要烧死她。

古雄：我不能烧死她。教会不允许杀生，我们的首要职责是想办法让这个姑娘得到救赎。

沃里克：这点毫无疑问。可是你们偶尔还是会实行火刑的。

古雄：不。当教会把不服教化的异教徒逐出教会，就像把枯枝从生命之树上砍掉，这时候他就被交给了世俗势力。教会是不会插手他们如何处置异教徒的。

沃里克：非常好。我就是这个事件中的世俗势力，大人，把你的枯枝交出来吧，我看到那边的火堆已经准备好了。你要是负责教会那一块儿的话，我就来负责世俗势力这一块儿。

古雄：（生着闷气）我什么都不会管。你们这些尊贵的老爷不要总是把教会只当成政治工具来用。

沃里克：（笑着劝道）我保证，你到了英国就不会这样了。

古雄：怕是英国比其他地方更严重呢。不，大人，在上帝的宝座前，这个乡下姑娘的灵魂和你是平等的，我的首要任务是拯救她。爵爷不用对我微笑暗示，好像我只是在重复一些毫无意义的话，好像我们两个人已经心知肚明——我一定会背叛那个姑娘。我不仅仅是一个宗教政客，我的信仰和你的荣誉一样宝贵。只要还有一线希望来救赎这个受过洗礼的上帝的孩子，我就会去引领她。

神父：（怒不可遏地站了起来）你是个叛徒。

古雄：（也跳起来）你撒谎，牧师。（气得发抖）如果你也敢去做那个姑娘的事情——把自己的国家利益置于神圣的天主教教会之上——你会和她一起去受火刑。

神父：大人，我——我做得太过分了。我——（他做了一个悉听尊便的手势又坐了下来）

沃里克：（已经担心地站起来）大人，我为刚才约翰·德·司托干巴先生所用的字眼儿向您表示道歉。它在英国和法国不是一个意思。在你的国家，叛徒表示背叛者，这个人可能背信弃义、奸诈狡猾、不忠不孝。可是在我们国家，这个词只是表示一个人不能完全地忠于英国的利益。

古雄：我很抱歉，我刚才没有理解它的意思。（他威严地坐在椅子上，心情渐渐平复）

沃里克：（重新落座，大松一口气）我刚才好像一直要对这个可怜的姑娘实施火刑，这样实在太草率了，我必须对此做出道歉。当一个人看到整片的农庄被火一遍又一遍焚烧，处理军务的时候难免会迟钝一些。要不然他会疯掉的，反正我是会疯掉。我斗胆假设一下，大人您是不是不时地会看到异教徒被烧死，那对这件事您是不是必须要发表一下专业性的看法呢？否则，这样的事情也太恐怖了吧。

古雄：说得不错，这确实是非常痛苦的事情，甚至和你说的一样，是恐怖的事情。可是和那些可怕的异端邪说比起来，它就算不上什么了。我现在想的不是这个姑娘的肉体，肉体遭受的折磨很短暂，并且它早晚都会死去，只是死的时候可能痛苦多些，也可能痛苦少些。可是她的灵魂是不是会永远沉沦下去呢？

沃里克：就算那样，上帝也会允许她的灵魂得到救赎！可是现在的问题是我们如何去拯救她的灵魂和不去拯救她的身体。因为这是我们必须面对的问题，大人。如果对这个少女的崇拜继续发展下去的话，我们的事业就保不住了。

神父：（用像哭声一样的破音说）我能说句话吗，爵爷？

沃里克：说实话，约翰先生，我其实不愿意让你开口，除非你能收收脾气。

神父：我只说一点。说得不好，请你们纠正。这个少女真是诡计多端，她假装虔诚，没完没了地祷告、忏悔。她事无巨细地做了一切虔诚的教会信徒女该做的事情，你们说她怎么会被指控为异教徒呢？

古雄：（火冒三丈）教会的信女！即使教皇最威风的时候也没有她那么狂妄。她的所作所为好像她就是教会。她带了上帝的旨意去给查理，可教会只能在旁边干看着。她要在兰斯大教堂给他加冕，是她，不是教会！她居然捎信给英国国王传达上帝的旨意，让英国人回到自己的岛上，违者以处斩论处，说这是上帝给的报应。我来告诉你吧，这样的信只有那个反基督教分子穆罕默德才会写出来。她的话里面有提到教会一个字吗？从来没有，只有上帝和她自己。

沃里克：你还指望她做什么呢？马背上的乞丐！她已经得意忘形了。

古雄：谁得意忘形了？是魔鬼。他的目的可非同一般。他现在正在到处散布异端邪说。十三年前在康斯坦斯烧死的那个男人胡斯，他的邪说影响了整个波西米亚。还有那个叫威克里夫的男人，还是一个涂过圣油的牧师，竟在英格兰散布瘟疫，最后却让他舒舒服服地死在了床上。我们法国也有一些这样的人，我知道这些异类。他们就是毒瘤，如果你不把它切除、打烂、烧光的话，它可能会把毒素传播给整个人类社会的机体，让它们堕落腐败，直至变成废物走向毁灭。这样一来，一个阿拉伯赶骆驼的人就会把基督徒和他们的教会赶出耶路撒冷，还会像一头发狂的动物一样一直向西践踏，要不是比利牛斯山脉的阻挡和上帝的庇佑，法国早就灭亡了。这个赶骆驼的人一开始做的事情和这个牧羊姑娘有什么不一样呢？他说自己听到了天使加布利尔的声音，她说她听见了圣凯瑟琳和圣玛格丽特的声音，还得到了迈克尔的护佑。她声称自己是上帝的使者，以上帝的名义给世界上所有的君王写信。她的信也是天天都送到君王们的手里。我们有事不能向圣母，而是要向少女贞德寻求帮助。如果随便一个劳工或是挤奶的女工一经魔鬼的鼓动就自命不凡，觉得自己是受了上天的启示，从而把教会多年积累的智慧、知识和经验，以及那些知识渊博、令人敬重的虔诚的长老们组成的宗教委员会统统丢进狗窝里的话，那世界会变成什么样子？会变成一个茹毛饮血的世界，所有的一切毁坏殆尽，每个人都想插手社会秩序，到最后世界只能倒退到野蛮状态。到现在为止，还只有一个穆罕默德和一个少女贞德以及他们的追随者，可是万一到哪一天，随便一个姑娘都说自己是贞德，随便一个男人都说自己是穆罕默德，那世界又会怎么样？一说到这个，我都会心惊肉跳。我一辈子都在和异端邪说做斗争，我会一直斗争到底。这个姑娘的所有罪孽都可以被宽恕，只有这个不行，因为这个是忤逆神明的大罪过，如果她不诚心思过，把自己所有的灵魂交给教会的话，只要她落在我手里，我就会把她送上火堆。

沃里克：（无动于衷）你真是感触颇深、有感而发啊。

古雄：你不是吗？

沃里克：我是一个士兵，不是一个牧师。作为一个朝圣者，我倒是见过一些伊斯兰教教徒。他们不像我们想象的那么没有教养。在有些方面，他们比我们优秀得多。

古雄：（不高兴）我以前可没注意到。许多人去东方要去感化那些异教徒。可是却被异教徒们给腐蚀了。那些十字军回来后和那些野蛮的撒拉逊人几乎也差不多了。更不用说那些生来就是异教徒的英国人。

神父：英国异教徒！（恳求沃里克）爵爷，我们必须要忍受这一切吗？主教大人是不是疯了？一个英国人所信仰的怎么可能是异端邪说？这句话在意思上就自相矛盾。

古雄：不知者无罪，司托干巴先生。英国乌烟瘴气，不适合产生神学家。

沃里克：大人，如果你听过我们关于宗教问题的辩论的话，你就不会这么说了。我很遗憾，你会觉得我不是个异教徒就一定是个呆瓜，因为作为一个四处游历的人来说，我知道穆罕默德的那些信徒对我们的上帝也很尊敬，并且他们也非常愿意原谅愚夫圣彼得，这点倒是比我们对待那个赶骆驼的人宽容多了。所以我们在处理这件事情的过程中一定要摒弃偏见。

古雄：我倒是能理解，为什么有的时候人们会把对天主教教会的狂热叫作偏见了。

沃里克：这只是东西文化上的差异罢了。

古雄：（尖锐地讽刺道）只是东方和西方，只是！！

沃里克：噢，主教大人，我并不是在反驳你。你想要维护教会，尽管维护，可是你也要维护贵族的利益啊。我认为，比起你刚才提出的那个有力的理由，还有一个更强有力的理由来反对少女。坦白说，我不担心这个姑娘变成另一个穆罕默德，也不担心她用什么伟大的异教来取代教会。我觉得你是夸大了这种危险性。你注意到那些她写的信了吗？她告诉全欧洲的那些国王，她已经逼着查理答应了她的那个建议。这会破坏整个基督教世界的社会结构。

古雄：破坏宗教，是我说的。

沃里克：（已经耗尽了耐心）大人，请先把教会从你头脑里拿掉一会儿好吗？不要忘了，除了世俗制度还有宗教制度。我和我的同僚代表的是封建贵族，而你代表的是教会。我们都是世俗势力。也罢，难道你都没看到这个姑娘的思想对我们产生多大的冲击吗？

古雄：她的思想怎么会冲击到你呢？除非她通过教会冲击到我们所有人。

沃里克：她的想法是，国王们应该把王国交给上帝，然后以上帝的执行官的身份来统治国家。

古雄：（兴致缺缺）从神学的角度来看，非常合理，爵爷。可是如果国王掌权，他就顾不了这些了。这只是一个抽象的想法，仅仅是空洞的字眼儿而已。

沃里克：绝不是这样。这是一个阴谋诡计，要把我们这些封建贵族取而代之，让国王一人独揽大权，成为一个彻头彻尾的独裁者。和国王平起平坐的贵族没有了，国王反倒成了他们的主人。这正是我们所不能容忍的，我们不能让任何人成为我们的主人。名义上，我们说领土和封号都是国王给的，这只不过是因为人类社会的拱形结构中需要那么一块拱心石而已，更何况土地在我们手中，是我们自己在横剑保护自己的土地和土地上的那些佃户。而根据那个少女所说，国王会拿走我们的土地——是我们的土地！——然后把它拱手送给上帝，上帝又会把土地全都赐予国王。

古雄：你有必要担心这个吗？毕竟国王都是你们造出来的。不管是英格兰的约克王室或兰卡斯特王室，还是法国的兰卡斯特王室或瓦卢瓦王室，他们的统治不都是按照你们的意愿吗？

沃里克：话是不错，可是有一条，人民必须服从封建领主的统治，还要清楚国王只是一个流动展览品而已，除了归所有人使用的道路，他什么都不能占有。要是所有人的思想和情感都倒向国王一边，那他们的封建主只能成为国王眼里的奴仆，而我们也会被国王一个个地收拾掉，那样的话我们成什么了？只能是他宫殿里穿制服的侍臣罢了。

古雄：即使那样，你也不用担心啊，爵爷。有些人生来就是国王，有些生来就是政治家。两样兼备的人少之又少。要不然国王去哪里找人帮他制定和执行政策呢？

沃里克：（不怀好意地笑着）或许可以在教会里找，大人。

（古雄酸溜溜地笑了笑，耸了耸肩，并没有反驳他）

沃里克：打倒了贵族，主教们就可以为所欲为了。

古雄：（放下辩论的强调，安慰他）爵爷，如果我们先窝里斗了，那就不会打败少女了。我很清楚，在这世界上有一种权力欲望。我还知道，只要这种欲望存在，君主和教皇，公爵和宗教政客，贵族和国王之间的争斗就不会停止。魔鬼是对我们分而治之。我看你也不是教会的朋友，你终究还是个伯爵，我也是个彻头彻尾的宗教人士。可是我们面对共同敌人的时候，不也要求同存异吗？我也看出来了，你所顾忌的，不是这个姑娘从来没有提过教会，张口闭口都是上帝和她自己，而是她一次都没提过贵族，满脑子都是国王和她自己。

沃里克：没错。她的这两种思想说到底就是一种思想。并且还根深蒂固，爵爷。这是个人灵魂对牧师和贵族在干涉个人和上帝之间的关系所提出的抗议。如果要给它个名字的话，我称它为新教教义。

古雄：（盯着他看）你理解得非常到位，爵爷。随手抓过来个英国人，就可以算作"抗议主义者"了。

沃里克：（做出彬彬有礼的样子）我认为大人对于那个少女的异端邪说并没有完全地抛却同情。那我请你给它起个名字吧。

古雄：你误会我了，爵爷。我并没有同情她这种政治谬论。可是作为一名牧师，我了解普通人头脑中的想法，并且你还会发现他们还有其他更危险的想法。我只能用这种词汇来表达——法国人的法国，英国人的英国，意大利人的意大利，西班牙人的西班牙，如此等等。有时候乡下人非常狭隘和尖刻，所以这个乡下姑娘可以把"她的村子只属于本村人"的思想提升到如此高度倒让我非常吃惊。可是她不但能，而且真的做到了。当她威胁，要把英国人从法国的土地上赶出去的时候，毋庸置疑她所说的就是整个说法语的地方。对于她来说，说法语的人就是《圣经》里所谓的一个民族。如果你愿意的话，我们可以把这个异端邪说称为"民族主义"——我觉得你肯定不会找到更好的词来定义它了。我只能告诉你，它根本就是在反天主教教会，反基督教。可是天主教教会只知道一种领域，那就是基督教王国。把这个王国分成一个个的民族其实就是在废黜基督教。废黜基督教的话，谁来保护我们的喉咙不被刀剑刺破？世界也会在混战中毁灭。

沃里克：可是如果你把她当成"抗议主义者"烧死的话，我就能把她当成"民族主义者"烧死，可能在这件事上，约翰先生不会和我意见一致。英国人的英格兰这一观点正合他意。

神父：毫无疑问，英格兰肯定是英国人的，这是一条最简单的自然法则。可是这个姑娘却拒绝英国人对她合情合理的征服，她认为这些土地都是上帝赐予他们的，所以她是统治那些未开化民族的最合适人选。爵爷，我不明白"抗议主义者"和"民族主义者"是什么意思，你们知识渊博，可是对于我这样的小小神职人员来说，这些词还是太深奥了。可是我的常识告诉我，那个姑娘是个反叛者，这就已经足够了。她背叛自然法则，穿着男人的衣服去打仗；

她背叛教会，篡夺教皇的权力；她背叛上帝，和撒旦还有那些魔鬼们结成邪恶同盟来对抗我们的军队。这些叛逆的行为只不过是她背叛英格兰的手段而已。这些行为，不可容忍。那就让她灭亡吧。让她被烧死吧。让她不要去带坏那些民众。所以，最行之有效的办法就是让这个女人为人民而献身。

沃里克：（站起来）大人，貌似我们达成一致了。

古雄：（也站了起来，抗议道）我不会让我的灵魂受到玷污，我要维护教会的公正，尽最大的努力来救赎这个姑娘。

沃里克：我真是为这个可怜的姑娘感到惋惜。我讨厌这些严厉的措施，也会尽全力为她争取宽大处理。

神父：（毫不妥协）我要亲手烧死她。

古雄：（为牧师祝福）Sancta Simplicitas!（拉丁语：赞美）

第五场

兰斯大教堂回廊附近，更衣室的门口立着一根画有耶稣受难图的屋柱。加冕礼结束了，伴着风琴声，人们走出教堂。贞德正跪在耶稣受难图前祷告，虽然穿戴得很漂亮，可依然是男人装扮。风琴声消失了，身着华服的杜诺瓦从更衣室走进回廊。

杜诺瓦： 好了，贞德！你的祷告已经足够了，刚才哭了好大一会儿，又在这里跪了这么长时间，你会感冒的。都结束了，教堂里空了，人们都到街上去了。他们都要求见少女，我们已经和他们说了，你正一个人在这里祷告，可是他们还是想见你。

贞德： 不用了。让国王独享这份荣誉吧。

杜诺瓦：这个可怜鬼，他只会糟蹋这个盛大的场面。不行，贞德，你还要给他加冕呢，你必须做事做到底。（贞德不情愿地摇了摇头）

杜诺瓦：（把她拉起来）来吧，来吧！一两个时辰就结束了，它不比在奥尔良桥上那时候好得多吗？

贞德：噢，亲爱的杜诺瓦，我倒真希望它是奥尔良桥！那才是活着。

杜诺瓦：确实是，可是也有很多同胞死在那里了啊！

贞德：你不觉得奇怪吗，杰克？我其实是个胆小鬼，每次打仗前，我都怕得要死，可是危险过后又觉得没意思，哎，无聊！无聊！无聊！

杜诺瓦：在战争中，你必须要学会节制，就像吃饭喝水一样，我的小少女。

贞德：亲爱的杰克，我觉得你就像士兵喜欢他的战友那样喜欢我。

杜诺瓦：你得这样，单纯的傻孩子。你在宫廷里没有几个朋友。

贞德：为什么所有的廷臣、骑士还有教会的人都这么讨厌我？我对他们做什么了？除了因为家乡的人拿不出钱来，免除了他们的战争税，我没有为自己要求过任何东西。我给他们带来了幸运和胜利，当他们要做蠢事的时候，我会把他们拉到正确的路上，我已经给查理加冕，让他成为了一个真正的国王，而他给他们都一个个加官进爵了。可是他们为什么不喜欢我呢？

杜诺瓦：（微笑着）太——天真了！你都戳穿了人家是傻瓜这件事，还指望人家喜欢你啊？你觉得那些蹩脚的老兵油子会喜欢年轻有为、取代了他们的军官吗？那些野心勃勃的攻客会喜欢那些爬到他们头顶上的人物吗？那些大主教们会心甘情愿地被圣徒赶出教堂吗？哎呀，其实如果我是一个有野心的人，我也会嫉妒你的。

贞德：你才不会与他们同流合污呢，杰克。这些贵族里面，你是我唯一的朋友。我敢打赌，你母亲肯定是个乡下人。等我拿下了巴黎，我也要回到乡下去。

杜诺瓦：我可不敢保证，他们能让你拿下巴黎。

贞德：（大吃一惊）为什么？

杜诺瓦：如果他们靠得住的话，我之前早就把巴黎给拿下来了。我觉得他们中有些人更想让巴黎拿下你。所以还是小心为好。

贞德：杰克，对我来说这个世界太可怕了。如果我能躲过天杀的英国佬和勃艮第党人，也防不了法国人。所以我只有把心交给我听到的那个声音。这就是加冕后我偷偷来这里祷告的原因。我要告诉你一个秘密，杰克。就在钟声响起的时候，我听到了那个声音。我说的不是今天——刚才所有的钟声响作一团，我除了刺耳的声音什么也没听到。但是如果在这个角落里，你就会听到声音从天堂传出来，余音绕梁；或是你在田里的时候，你也会听到声音穿过宁静的原野，远远地传来。这个时候我就会听到那个声音。（教堂的钟声敲响一刻）听！（她欣喜若狂）听到了吗？"神——的——爱——子"，和你刚才说的一模一样。半点钟的时候，你会听到

"勇——往——直——前"三刻钟的时候，说的是"我——来——救——你"，可是到整点的时候，你会听到大钟说"神——救——法——国"，就在这个时候，圣玛格丽特、圣凯瑟琳，有的时候天使迈克尔都会和我说话，只是这些话是我之前都没有听说过的。还有，还有——

杜诺瓦：（温和地打断她的话，可并没有附和）然后，贞德，我们就会听到隆隆的钟声里传来我们的幻想。你一说到你听到的声音，我就觉得浑身不自在，如果不是你平时做的事都有理有据，有头有尾，我真会觉得你是精神分裂。不过，你还是对别人说你是奉圣玛格丽特和圣凯瑟琳的命令行事比较好。

贞德：（反驳道）我必须要和你说清楚原因，要不然你就不相信我，是不是？可是，是我先听到的声音，之后我才找理由来说明，信不信随你。

杜诺瓦：你生气了，贞德？

贞德：对。（微笑）不是生你的气。我真希望你是农庄里的小婴儿。

杜诺瓦：为什么？

贞德：我可以逗着你玩啊！

杜诺瓦：毕竟你还是个小女人。

贞德：不，我不是，除了士兵我什么都不是。士兵有时候也会照顾小孩。

杜诺瓦：这倒是事实。（大笑起来）

国王查理在更衣室里脱去了朝服，由蓝胡子和拉·海亚一左一右陪护着走了过来。贞德一下子躲到了柱子后面。把杜诺瓦留在了查理和拉·海亚中间。

杜诺瓦：哎呀，陛下终于成了上帝钦定的国王了。你觉得怎么样啊？

查理：下一回就是让我当日月之王，我也不去受这份罪了。这个礼服实在是太沉了！他们给我戴王冠的时候，我真觉得自己要塌了。还有那个大名鼎鼎的圣油，竟然臭不可闻，呸！大主教肯定也快被熏死了，他的礼服得有一吨重，他们正在更衣室给他往下扒呢。

杜诺瓦：（冷淡地）陛下应该常穿穿盔甲，那样你就习惯穿重衣服了。

查理：又是老一套，你又嘲笑我。我不会穿盔甲，打仗不是我的事。少女去哪儿啦？

贞德：（走到查理和蓝胡子中间，单膝跪地）陛下，我已经让你当上国王，我的使命也已经完成了。我要回到我父亲的农庄了。

查理：（先是吃了一惊，接着又放下心来）是吗？那可真是太好了。

贞德站起来，大失所望。

查理：（不解风情）这样的生活对身体有益，你知道的。

杜诺瓦：可是会很无聊。

蓝胡子：你还会发现很长时间没有穿过的衬裙会总是绊倒你。

拉·海亚：你会想念打仗的。这可是个不好的习惯，这也是个大问题，你很难改过来。

查理：（担忧地）你要是真想回家，我们也不会强留你。

贞德：（痛苦地说）我知道你们都想让我走。（她转过身，从查理身边走过，走到旁边和她交好的杜诺瓦和拉·海亚身边）

拉·海亚：好了，这样我就可以随便骂人了，可是我还是会偶尔想起你的。

贞德：拉·海亚，尽管你罪行累累还总是爱骂人，可是我们会在天堂相见的，因为我像爱我的老牧羊犬比都一样爱你。比都虽然是只狗，可是它可以杀死一头狼。你会杀死那些的英国狼，直到让他们都滚回自己的地方，成为上帝的乖乖狗，对吗？

拉·海亚：你和我一块儿，肯定行。

贞德：那可不行，从一开始算起，我只能坚持一年。

其他所有人：什么？

贞德：我就是知道。

杜诺瓦：胡说八道！

贞德：杰克，你觉得你能把英国人都赶出去吗？

杜诺瓦：（胸有成竹，却并不张扬）是的，我会把他们赶出去。他们总能打败我们，因为我们把战争当成比武和赎金交易。当天杀的英国佬在战场上玩命的时候，我们却像个傻瓜一样。可是我已经吸取了教训，会给他们还以颜色。他们在这里是站不住脚的。我之前就打败了他们，我以后还会打败他们。

贞德：你对他们不能太粗鲁，知道吗，杰克？

杜诺瓦：你的慈悲心肠是不会让天杀的英国老认输的。反正战争也不是我们挑起的。

贞德：（突然地）杰克，在我回家之前，我们攻下巴黎吧。

查理：（心惊胆战）噢，不，不。我们会把到手的所有东西都弄丢的。别让我们再打仗了。我们可以和勃艮第公爵好好地订个条约。

贞德：条约？（她急得直跺脚）

查理：是啊，为什么不呢？既然我现在已经加冕了，还涂了圣油。噢，那个圣油！（大主教从更衣室出来，站到了查理和蓝胡子身边）

查理：大主教，少女又想打仗了。

大主教：我们不是打完仗了吗？不是天下太平了吗？

查理：不，我认为不是那样。我们已经做了这么多了，该知足了。还是订个条约吧。我们的运气实在是太好了，怕是坚持不了多久，现在要做的就是在情势急转直下之前见好就收。

贞德：运气？上帝在为我们而战，而你却把它叫作运气！英国人还在我们法国的土地上，你这样的话还是省省吧！

大主教：（厉声喝道）少女，国王是在和我讲话而不是你。你忘了自己的身份了，你总是得意忘形。

贞德：（满不在乎，更加粗鲁）好呀，说吧。你来告诉他，上帝并没有让他停手。

大主教：如果我不以上帝的名义用你这样油嘴滑舌地说话，那仅仅是因为我要用教会的权威和我的圣职来传达上帝的意志。你刚来的时候，还不敢像现在这样说话。那时的你还披着谦恭有礼的外衣，而上帝也保佑了你的事业，可从那个时候起，骄傲的罪名也玷污了你。古希腊的悲剧也在我们中间上演，这就是对骄傲自大的惩罚。

查理：对，她觉得她比所有的人懂得都多。

贞德：（感到苦恼，还是天真地看不出自己的话产生的影响）可是我就是比你们任何人都知道得多啊。我不是骄傲，我只有觉得我是正确的时候才会说话。

蓝胡子：（异口同声地大声叫起来）哈哈！你就是那样的。

大主教：你怎么知道你是正确的？

贞德：我就是知道。我听到声音——

查理：哦，声音，声音。为什么这个声音我听不到呢？我才是国王，而不是你。

贞德：它们也传到你耳边了，只是你没有听见。你从不会晚上的时候坐在田野里去倾听它们。当晚祷的钟声响起的时候，你就在自己的身上画十字，这就行了。如果你发自内心地祷告，钟声停下，还会有袅袅的语音，这时你就能听见我所听到的声音了。（无力地从他身边走过去）不过，你也用不着什么声音，铁匠就会告诉你：打铁要趁热。我告诉你吧，我们必须要对贡比涅发起猛攻，像解放奥尔良一样解放它。之后巴黎就会向我们敞开大门，它要是不开门，我们就打进去。如果你没有了都城，王位又有什么用呢？

拉·海亚：我也是这样想的。我们会像颗烧红了的炮弹穿过一磅黄油那样攻破巴黎。你说呢，摄爵？

杜诺瓦：要是咱们的炮弹都像你的脑袋那么热，又能管够用，那我们征服整个地球都没问题。勇气和冲动是战争的好伙伴，也是个坏主人，每次我们相信它，它就会把我们交给英国人。我们吃了败仗自己却还不知道原因，这就是我们最大的弱点。

贞德：你们也不知道自己是如何获胜的，这是更为严重的弱点。我会在打仗的时候给你们配个望远镜，让你们好相信，英国人还没割掉你们的鼻子呢。要不是我让你们进攻，恐怕你们和那些参谋们还被困在奥尔良。你们应该一直进攻，只要你们坚持的时间够长，敌人们就会先屈服。你们不光不知道如何开始一场战争，而且你们还不知道如何使用自己的大炮。可是我知道。

她盘腿坐到地上的旗子上，开始生闷气。

杜诺瓦：我知道你是怎么想我们的，贞德将军。

贞德：怎么想的，杰克。告诉他们你是怎么想我的。

杜诺瓦：我觉得上帝是站在你这边的，因为我没有忘记那阵风是怎么变的，还有你来的时候，我们的士兵也士气大振。我用信仰担保，我永远不会否认我们在你的麾下，攻无不克。可是作为一名士兵，我得告诉你，上帝不是天天给我们干活的苦工或婢女。如果你命好，他会把你从死亡的魔爪下拉出来，让你重新站起来。可是这已经够多了，一旦你站起来，你就必须竭尽全力来打仗。因为他也必须对你的敌人公平，这个可不能忘。在奥尔良，上帝让你帮助我们站了起来，这种荣耀让我们打了几个漂亮的胜仗，并让这儿的加冕礼顺利举行。可是如果我们想靠打仗索取更多的话，并且把我们自己应该做的事情也寄希望于上帝，我们就会被打败，而且还是我们罪有应得。

贞德：可是——

杜诺瓦：嘘！我还没说完呢。你千万别觉得我们的这些胜利是闭着眼睛蒙来的。查理国王陛下，你在文告中对我在这场战役中的作用只字不提，可是我毫无怨言，因为人们只会追捧少女和她的奇迹，不管摄爵在招兵养兵的时候为她立下的汗马功劳。可是我清清楚楚地知道，上帝让少女帮了我们多大的忙，也明白上帝留下了多少事情让我用自己的智慧去解决。我告诉你吧，你靠魔法打胜仗的日子已经一去不复返了，从现在起，谁能玩得转这场战争游戏，谁就是赢家——如果是他们那边运气好的话。

贞德：哼！如果，如果，如果，如果！如果这些如果能当锅用，那就用不着补锅匠了。（她一下子站起来）我告诉你，摄爵，你的战略战术根本就没用，因为你的骑士们根本就不擅长打仗。战争对他们来说只是一场游戏，就和网球或其他什么游戏一样。他们已经为战争制定了规则，什么是公平，什么是不公平。把盔甲堆在自己和那些可怜的马匹的身上，好来抵挡弓箭的袭击。一旦跌落马下，他们甚至不能自己站起来，只能等人家去把他们扶起来，然后再和人家商量赎金的事情。你难道没有看见，这一切都已经过时了，毫无用处了吗？盔甲挡得住火药吗？如果能的话，那些正在为法国和上帝而战的人还会像那些苟且偷生的那一兰骑士一样，为了赎金讨价还价吗？不会的，他们会为了胜利而战，一旦加入战斗，他们会舍生忘死，把自己的生命交到上帝手中，就像我那样。普通老百姓也懂这个道理。他们买不起盔甲，也交不起赎金，可是他们会赤手空拳跟着我冲进战壕，架好梯子，翻过城墙。对他们来说，战争就是你死或者我活，上帝会保护好人！你可能会摇头，杰克，蓝胡子也可能捏着他的山羊胡子，把头昂得高高的。可是你们要记住那一天，你们的骑士和尉官们跟着我去奥尔良袭击英国人的那天！那天你们锁着门不让我出去，而那些小市民和老百姓却跟着我冲出大门，让你们真真正正地见识了战斗是什么样子。

蓝胡子：（辩驳道）当了贞德教皇还满足不了你，难不成你还想和恺撒大帝和亚历山大大帝一样。

大主教：骄兵必败，贞德。

贞德：得了吧，别去管什么骄傲不骄傲的，我说的不对吗？我说的不合常理吗？

拉·海亚：你说的都对。我们中一半的人都担心自己的漂亮鼻子被揍扁不敢出战，另一半人却因为要偿还自己的抵押贷款去参战。让她走自己的路去吧，杜诺瓦，她不是什么都懂，可是却抓住了对的一点。战争不和以前一样了，那些对打仗一无所知的人却能经常打胜仗。

杜诺瓦：我都知道，我没用老路子打仗——我吸取了阿金库尔，还有普瓦捷、克雷西等战役的教训。我明白，我的任何一个命令都是以牺牲很多人的生命做代价的，如果这个行动值得我付出这个代价，我就会去执行，去承担。可是贞德从来不管代价多大，只是一味地往前冲，一味地相信上帝——好像上帝就装在她的口袋里。到现在为止，她一直倚仗着兵力优势打胜仗。可是我了解贞德，我知道，有一天当她只剩了十个人的时候，她也会带着这十个人勇往直前，去打一百个人才能打得了的仗。然后她会发现，上帝是站在大部队那边的。她会被敌人俘虏，抓住她的幸运儿就会从沃里克公爵那里领到一万六千英镑的赏金。

　　贞德：（沾沾自喜）一万六千英镑！哎呀，伙计，他们肯为我付这么一大笔钱吗？世界上哪有这么多钱啊。

　　杜诺瓦：英国人就拿得出来。现在我告诉你们，在这儿的所有人，一旦贞德被英国人抓住，你们谁愿意动动手指救救她？代表军队，我有言在先。如果哪一天她被天杀的英国佬或勃艮第党人挑下马，又没有当场死掉；当她被锁到地牢里，没有什么圣彼得天使会飞来把门闩、门插打开，敌人也会发现她和常人一样，并非刀枪不入，到那时候，我不会让任何一个士兵牺牲生命去救她，那样不值得。我是不会冒险去救她的，虽然她也是我最珍视的战友。

　　贞德：我不会怪你，杰克，你是对的。如果上帝让我吃败仗，我不值得任何一个士兵为我牺牲生命，可是上帝通过我救过法国，或许法国人会认为我值得他们支付那笔赎金。

　　查理：我告诉你我可没钱。都怪你让我把借来的钱都扔进了这场加冕礼。

大主教：女士，他们会把你拖到街上游街，然后把你当成女巫烧死。

贞德：（向他跑过去）噢，大人，别提这个，这是不可能的。我，一个女巫！

大主教：彼得·古雄可是尽职尽责。巴黎大学就曾烧死过一个女人，就因为她说你做的事情是好事，是上帝的旨意。

贞德：（不知所措）可是，为什么呢？这是什么道理？我所做的就是上帝的旨意。他们不能因为一个女人说了实话就烧死她。

大主教：可是他们就这么做了。

贞德：可是你知道的，她只是说出了事实。你不该让他们烧死她。

大主教：我怎么拦得住呢？

贞德：你应该以教会的名义说话，你是教会里的大人物，有你的祝福的护佑，我哪儿都敢去。

大主教：如果你骄傲自大、刚愎自用的话，我是不会保佑你的。

贞德：你为什么总是这么说话。我不是骄傲自大，不听话。我就是个可怜的、愚昧无知的女孩儿。我怎么会骄傲呢？我一直服从我听到的声音，因为它是从上帝那儿传来的。你怎么能说我不听话呢？

大主教：说到底，教会的声音才是上帝的声音，你听到的那些声音只不过是你自己偏执的内心幻觉而已。

贞德：不对。

大主教：（气得脸红脖子粗）你敢在教堂里说我这个大主教撒

谎，你还不承认你骄傲自大、刚愎自用吗？

贞德： 我从来没说你撒谎，是你说我听到的声音在撒谎。它们什么时候撒过谎了？如果你不相信它们，即使你不愿意相信那些声音，哪怕它们只是我的常识的反应，它们不也常常是对的吗？你对于世俗的意见都不总是对的啊！

大主教： （愤怒地）简直是对牛弹琴。

查理： 结果不还是一样的，她是对的，你们都是错的。

大主教： 这是给你的最后警告。如果你要自取灭亡，把个人判断凌驾于灵魂导师的教导之上的话，教会也不会管你，任你去承受你的傲慢放肆给自己造的孽障。摄爵会告诉你，如果你坚持把军事幻想建立在你的指挥官部署上的话——

杜诺瓦： （插话道）说得再明白点吧，如果你没有在奥尔良时那样的兵力而硬要去解救贡比涅驻军的话——

大主教： 军队也会断绝与你的关系，不会救你。国王陛下告诉过你，王室也没钱赎你。

查理： 对，一分钱也没有。

大主教： 你现在孤立无援了，绝对的孤立无援，你所依靠的只有自己的胡思乱想、目中无人、刚愎自用，你把这一切大逆不道的罪行隐藏在信仰上帝的外衣之下。当你穿过这里的门走到太阳光下，人群会向你欢呼，他们把孩子和病人送来给你医治，他们会亲吻你的手和脚，做所有他们能做到的事情，让你晕头转向，忘乎所以。这些带你走向自我毁灭的自信会让你疯狂。可是你仍然是孤身一人，他们也不能拯救你。我们，也只有我们才能不让你上火刑柱——那个敌人在巴黎曾经烧死过女巫的火刑柱。

贞德：（抬眼望天）我有更好的朋友，他们会给我更好的主意。

大主教：我明白了，对你这个铁石心肠的人来说，我刚才的话算是白说了。你拒绝了我们对你的保护，一意孤行要逼着大家不管你。那么，以后你就自求多福吧。如果你失败了，上帝会怜悯你的灵魂。

杜诺瓦：这都是实话，贞德。你得好好听着。

贞德：如果我以前只听从这些真理，你们这些人现在又会在哪儿呢？你们这些人不帮我，也不给我意见。对，我在这个世界上是孤独的，我也一直是孤独的。法兰西在流血，垂死挣扎的时候，我的父亲却对我的哥哥说，如果我不待在家里好好照看他的羊，就把我淹死。只要我们家的羊羔没事就好，就任由法兰西灭亡吧。我认为在法国国王的宫廷里会有法兰西的朋友，可是我却只发现狼群正在为抢食她被撕碎的身体而争斗。我认为上帝到处都有朋友，因为他是每个人的朋友。我曾单纯地相信你们会是我坚强的堡垒，让我免受伤害。可是我太自作聪明了，没料想如今却被你们逐出门外。别以为你们说我是孤独的就可以吓到我。法兰西是孤独的，上帝是孤独的，我的孤独和他们的孤独比起来又算什么呢？我现在算看明白了，上帝孤独正是他的力量所在，如果他听从你们这些谨小慎微的主意，他还算什么上帝？我的孤独也正是我的力量。我愿孤独地和上帝在一起，他的友谊、他的劝诫、他的爱都永远不会背叛我。

有了他的力量，我会勇往直前，前进，前进，前进，直到我死去的那一刻。现在我要走出去，走到老百姓中间去，让他们眼中的爱取代你们眼中的恨来抚慰我。你们会高兴地看我被烧死，可是如果我被烧死了，我也会穿过烈火，走到老百姓的心里去，永远活在他们心里。好了，愿上帝与我同在！她走了。所有人都满脸忧郁，沉默地看着她的背影离去。然后吉勒斯·德·赖伊捋捋胡子。

蓝胡子：你们都知道，这个女人真是让人难以忍受。可是我并不讨厌她，真的。你们能拿她这种个性怎么办呢？

杜诺瓦：上帝做证，如果她是掉进卢瓦尔河的话，就算全身披挂，我也会跳进河里救她。可是如果她去贡比涅做傻事被抓住的话，我绝不会去救她。

拉·海亚：那你最好先把我锁起来，她的精神真让人感动，即使是下地狱我也会一直追随她。

大主教：她也干扰了我的判断力，在她爆发的情绪中有一种危险的力量。可是深渊已经在她的脚下张开了大嘴，不管是吉还是凶，我们都无法让她回头了。

查理：要是她少说话，或者回老家该多好啊！（他们都无精打采地跟着她走了出去）

第六场

一四三一年五月三十日，鲁昂。城堡的一个石头大厅正在被布置成正审法庭而非陪审法庭的样子。这是宗教裁判所派人参加的主教法庭，并设有两个并排法官高座，以供主教与宗教法官之用。这两个座位边上的两排座位呈对称的圆弧形排开，角落上有一张给文书用的桌凳。还有一个给犯人用的笨木头板凳。这些都摆在大厅的后半部分。再往后经过一排拱门就通向了庭院。法庭上面张设着挡风遮雨的幔帐。从大厅的中央看去，法庭官员和文书的椅子都在右侧，犯人的凳子在左侧。左右都是拱门。这是一个阳光明媚的五月的上午。沃里克从拱门走出来，走到法官席上坐下，后面跟着他的

侍童。

侍童：（傲慢无礼）我猜爵爷一定知道这里面没有我们什么事儿。这是教会法庭，可是我们是世俗权力。

沃里克：我知道。我是否能劳驾你这个没规矩的冒失鬼，去帮我请一下博韦主教，给他说一下，如果他愿意的话，能不能在审判之前请他来这里说点事儿？

侍童：（边走边说）是，爵爷。

沃里克：记住，做事放规矩点儿。不要叫人家"假正经老彼得"。

侍童：不会的，爵爷。我会对他有礼貌的，因为俗话说的好：老彼得，假正经，见了少女就害怕；醋泡胡椒口中塞，又是酸来又是辣！

古雄和一个圣多明我会修士还有一个拿着公文的教士一块儿从同一个拱门走了进来。

侍童：尊敬的博韦主教大人来了，还有另外两位教士先生。

沃里克：出去看着，别让别人进来打扰我们。

侍童：是，爵爷。（漫不经心地出了门）

古雄：爵爷早安。

沃里克：早上好，大人。不知以前是否有幸和您的这两位朋友见过面？好像是没见过吧。

古雄：（介绍他右边的教士）爵爷，这位是多明我会的约翰·列麦特尔教友。他是代表宗教裁判所的审判者，来调查法国邪恶的异教徒的罪行。约翰教友，这位是沃里克伯爵。

沃里克：尊敬的大人，你的到来让我们无比荣幸。遗憾的是，我们英国没有异教徒审判者，虽然我们很希望有一位，特别是在发生现在这种事情的时候。

审判者宽厚地笑笑，弯腰行礼。他是一位年长的性情温和的绅士，可是实际上他是一位深藏不露的权威而又果断的审判者。

古雄：（介绍他左手边的坎农）这位先生是巴尤教士会的坎农·约翰·德司蒂维教士。他的工作是起诉人。

沃里克：起诉人？

古雄：在民法中也称为检察官。

沃里克：哈！检察官。很好，很好。非常高兴能和你认识，坎农·德司蒂维教士。

德司蒂维弯腰行礼——他刚到中年，在规规矩矩的外表下面，掩藏着狐狸般的奸诈狡猾。

沃里克：我能问一下，起诉程序进行到哪个阶段了吗？从少女在贡比涅被勃艮第党人抓住到现在，都已经过去九个月了。光是我把她从勃艮第党人那里用那一大笔钱买来，到现在也整整四个月了——把她买过来的唯一目的就是把她交付审判。我把她当成异教徒嫌疑犯交给你也差不多快三个月了，主教大人。我觉得你是不是浪费了太多不必要的时间来决断这个再简单不过的案子了？难道审判就要这样没完没了地继续下去吗？

宗教法官：（微笑着）这还没开始呢，爵爷。

沃里克：还没开始！为什么，你已经接手这个案子十一个礼拜了！

古雄：我们到现在还无凭无据，爵爷。我们对少女进行了十五次问讯，六次公开的，九次非公开的。

宗教法官：（一如既往宽厚地笑着）你想啊，爵爷，我只参加了这其中两次的问讯。并且这两次问讯都是在主教法庭，并不是神圣宗教裁判所。也就是说，我们的宗教裁判所现在才刚刚决定跟主教法庭一起审理。因为我一开始认为，这个案子根本不是一个异端案件。我只认为它是一起政治案件，少女只是一个战俘。可是在参加了两次问讯后，我必须承认，这个案件算得上是我所经历的最严重的异端案件。因此，现在所有的事情都进入了程序，我们会在今天上午进行审判。（他走向法官席位）

古雄：现在，如果爵爷方便的话，我们就可以开始了。

沃里克：（谦逊有礼地）好，这真是个好消息，先生们。不瞒各位，我们的耐心已经到达极限了。

古雄：所以我还收到了你们士兵的威胁，说要是我们的人谁支持少女的话就要淹死谁。

沃里克：天啊！我们做这些事其实都是为你们好，大人。

古雄：（严厉地）我可不需要。我决定让这个女人得到公正的审判。教会的审判不是儿戏，爵爷。

宗教法官：（走回来）以我的经验来看，从来没有别的审判比这次更公正，爵爷。少女根本不需要自己的律师，那些审判她的人就是她最忠实的朋友，这些人都热切地希望把她的灵魂从毁灭中拯救出来。

德司蒂维：先生，我是起诉人，向这个姑娘提出起诉一直是我最痛苦的工作，可是你要相信，如果我之前不知道许多在学识、虔诚、口才和说服力都比我厉害很多的人都曾经劝过她，并且和她解释了她所面临的危险，还有告诉她如何可以轻易地避免这种危险的话，我今天恨不得丢下自己的工作，马上为她辩护。（脱口而出的雄辩口才，让一直带着奖掖后辈的赞许神情的古雄和宗教法官露出嫌恶的表情）有人竟然敢说我们的审判是出于憎恨，可是上帝做证，他们是在诬陷我们。我们严刑拷打过她吗？没有。我们有放弃过对她的劝告，祈求她，让她可怜可怜自己，让她像犯了错却依然被疼爱的孩子一样，回到教会温暖的怀抱吗？我们——

古雄：（冷冰冰地打断他的话）注意点，坎农。虽然你说的都是实话，可是如果你要是把爵爷的话当真的话，我可不能对你的生命安全做保证，甚至连我都自身难保。

沃里克：（模棱两可地）噢，大人，你对我们这些可怜的英国人也太苛刻了。不过，我们确实不像你们一样，对少女抱着治病救人的态度，实际上，我和你直说了吧，她的死是一种政治需要——对此我深表遗憾，可是我无能为力。如果教会让她去——

古雄：（气势汹汹、盛气凌人）如果教会把她放走了，如果有人，哪怕这个人是国王，胆敢动她一指头的话，那就让上帝把灾难降临于他吧！教会是不会屈从于政治需要的，爵爷。

宗教法官：（插话打圆场）爵爷，你也不必要担心审判的结果。你在这件事里有一个不可战胜的同盟——那个人比你更坚决地要把她烧死。

沃里克：我能问一下，这位得力的支持者是哪一位啊？

宗教法官：少女自己啊。她一张嘴，除非你给她戴上嚼子，她的那些话能判她十次死刑，你拦都拦不住她。

德司蒂维：这句话真是对极了，爵爷。当我听到这么年纪轻轻的一个人竟然能说出这么些亵渎神灵的话来，我感觉自己的头发都站起来了。

沃里克：好了，如果你们能确信你们所做的事都是徒劳，那你们爱怎么着就怎么着吧。（直直地盯着古雄）没有教会的祝福，我是不愿意做这件事的。

古雄：（带着既嘲讽又欣赏的笑容）他们刚才还说英国人都是些伪君子！你都能冒着灵魂沦陷的危险，为你的国家做事了，爵爷。我不得不钦佩你的奋不顾身，可是我不敢过于背弃自己的灵魂，我怕遭天谴。

沃里克：如果我们怕东怕西的话，就不可能统治英国，大人。我现在能把你们的人叫进来了吗？

古雄：可以，不过你最好能离开这里，让法庭开庭，爵爷。沃里克转过身离开，穿过庭院走了出去。古雄也在法官席上落座，德司蒂维坐在文书的座位上看案情摘要。

古雄：（坐好，忍不住骂出来）这些英国贵族真是帮浑蛋！

宗教法官：（坐在古雄左边的另一个法官席上）所有世俗势力

让正常人也变成了浑蛋。对于这种工作，他们没有受到训练，他们没有教会的感化。其实我们自己的贵族也比他们好不到哪儿去。主教陪审团匆匆进入大厅，打头的是德·司托干巴神父和三十多岁的年轻牧师坎农·德·库尔塞勒。文书落座，在德司蒂维对面还有一张椅子空着。一些陪审员坐了下来，剩下的站在那里交头接耳，等待诉讼正式开始。德·司托干巴怄气地站在那里，还没有坐下，坎农也和他一样，在他的右边站着。

古雄：上午好啊，德·司托干巴神父。（对宗教法官说）这位是英国红衣主教的掌玺神父。

神父：（纠正道）是温彻斯特红衣主教，大人。我必须要提出抗议，大人。

古雄：你的抗议也太多了。

神父：我可不是孤立无援，大人。这是德·库尔塞勒教友，来自巴黎。他和我一起提出联合上诉。

古雄：好呀，是怎么回事？

神父：（不高兴地）说你呢，德·库尔塞勒教友，我似乎没有得到主教大人的信任。（他愤愤不平地坐在古雄的右边）

库尔塞勒：大人，我们费尽心力起草了一份对少女的六十四条起诉书。可是没有人通知我们要删减东西，可以说是连个招呼都没打。

宗教法官：库尔塞勒教友，这件事的主谋是我。我对于你们在这份六十四条起诉书里所表现出的赤胆忠心钦佩至极。可是起诉异教徒也和做其他事情一样，必须有个度。你肯定记得，所有法庭成员不像你们两个这样费尽心机、老谋深算，你们这些精深的学问在他们看来，可能就是些了不起的废话。因此，我考虑把你们的六十四条起诉书缩减成十二条是非常——

库尔塞勒：（大吃一惊）十二条！

宗教法官：是十二条，相信我，十二条已经足够让你们达到目的了。

神父：可是还是有些最重要的观点几乎都被删没了。比如说，少女的确说过，天上的圣女玛格丽特和圣凯瑟琳还有大天使迈克尔和她用法语说过话。这是至关重要的一点。

宗教法官：这个没有问题，你觉得他们应该说拉丁语吗？

古雄：不，他觉得他们应该说英语。

神父：事实就是如此，大人。

宗教法官：好了，我们都在这里达成一致了，我认为，少女听到的声音是恶魔引诱她堕入地狱的声音。那我可以说英语是魔鬼的家乡话，这个话可能对你、司托干巴神父，或是对你的英国国王似乎都不大尊敬吧。所以还是算了吧。而且这个问题在十二条里还是有所提及的。请就坐吧，先生们。让我们开始进入正题吧。那些还没坐下的人都坐下了。

神父：我还是抗议——看着办吧。

库尔塞勒：我难以忍受我们的辛苦工作一下子就化为乌有。这只是又一次证明了这是那个女人对我们的法庭施了邪恶的法术。

（他在神父右边的椅子上坐了下来）

古雄：你是不是觉得我也被施了邪恶的法术？

库尔塞勒：我没这么认为，大人。可是我总是觉得这似乎是个
阴谋，防止有人把少女偷桑利斯主教的马的事情给捅出去。

古雄：（强忍着怒火）这不是政治法庭。我们要把时间浪费在
这些屁事上面吗？

库尔塞勒：（大吃一惊，站了起来）大人，你把主教的马叫作
屁事吗？

宗教法官：（态度温和）库尔塞勒教友，少女解释过，她是付
了一大笔钱买下的那匹马，如果主教没有拿到那笔钱也不是少女的
过错啊。既然这是个事实，那少女在这件事情上就是无罪的。

库尔塞勒：如果那只是一匹普通的马的话，你说得没错。可是
那是主教的马呀！她怎么能是无罪的呢？（他又无可奈何，垂头丧
气地坐下）

宗教法官：我诚恳地要求你们好好地想一下，如果我们坚持对
这些鸡毛蒜皮的小事进行审判的话，就只能宣告她无罪，而她也会
躲过我们关于她异端大罪这个最严重的指控，而这个罪名是她自己
也供认不讳的。因此，当少女被带到我们面前的时候，这些偷马、
和村里孩子围着神树跳舞、在魔井旁祷告的事情等诸如此类的，你
们在我们来之前费尽心力打听出来的事情，只字不要提。在法国，
你这样可以指控任何一个农村姑娘，因为她们都普围着神树跳过
舞，在魔井旁祷告过。如果有机会的话，她们也会去偷主教的马。

异端，先生们，异端才是我们要起诉她的罪名。发现和镇压异端思想和行为是我们最重要的职责，我是作为一名宗教法官坐在这里，而不是一个普通的治安官。要抓住异端这个罪名，先生们，不要去管什么别的事情。

古雄：我要说的是，我们曾经派人到过姑娘的村子，去调查关于她的事情，可是事实上，几乎没有什么重要的罪证。

神父：（一块儿站起来叫喊）没什么重要的罪证，大人——

库尔塞勒：什么？神树也不算——

古雄：（忍耐不住了）安静，先生们，一个一个说。

库尔塞勒被吓得瘫坐在椅子上。

神父：（闷闷不乐地又坐回了座位）这些话正是少女上个星期五对我们说的。

古雄：我希望你能接受她的建议，先生。我说没什么重要的罪证，意思是从这样的一个案子的办案人员应该有的广阔心胸看来，这些事情没什么大不了。我同意我的同事、宗教法官先生说的话，我们必须把它当成一个异端案件来审理。

拉德维努：（紧挨着坐在库尔塞勒右边的，是一位年纪轻轻却因为苦行而面容憔悴的多明我会的教士）可是这位姑娘的异端邪说对别人有什么不可饶恕的伤害吗？这件事难道不是仅仅能说明她的天真无知吗？许多圣徒也说过和贞德同样的话呢。

宗教法官：（一改之前的和蔼之态，语气严厉地说）马丁教友，如果你也看到和我看到的一样的异端罪行的话，你就不会淡然

· 96 ·

处之那些貌似无害、可爱而又虔诚的异端邪说的萌芽了，异端邪说的发起者总是那些从各方面看来都比邻居优秀的人。一个性情温和、虔诚信神的女孩，或是一个年轻人——他听从主的命令把自己所有的钱财都送给穷人，自己却衣衫褴褛，节衣缩食，奉行着谦卑、仁慈的信条。就这样的一个人也可能是异端邪说的源头。对这样的人，如果不及时毫不留情地清除的话，会对教会和帝国造成灭顶之灾。神圣宗教裁判所的一些记录中，就记载了连篇累牍的这种案例，我们不敢公布于众，以为这些内容超过了那些善男信女们的想象——因为这些异端罪犯都是那些非常神圣善良的傻瓜。这种事我不知道见了多少次。记住我说的话，一个女人亢拒女性的服装，却穿着男人的衣服，就像一个男人扔掉自己的皮袍子，却打扮得像施洗者约翰一样，就像黑夜后面一定是白天一样，总会有些野蛮的女人和男人，他们就要一丝不挂。当少女不愿意结婚又不愿意进修道院的时候，男人们也会拒绝结婚，把他们的情欲升华为神圣的精神灵感。可是就像夏天接着春天一样理所当然，他们以多配偶制开始，却以乱伦告终。异端邪说一开始看来都是天真无邪、值得赞美的，可是到了最后它就成为了违背人性，可怕可憎的罪恶，即使是你们当中心肠最软的人，如果像我一样看清了异端邪说的真正意图，也肯定会大声呼喊，抗议教会在处理这个案件时心慈手软。两百多年以来，神圣的宗教法庭一直在和这些邪恶的狂热行为做斗争，因为它知道，这些行为经常是那些无知无畏的傻瓜做的——他们提出自己的标准来抗衡教会，并且自称是上帝意志的代言人。

你一定不能犯这种常见的错误，把这些人简单地当成头脑简单的傻子或伪君子。他们全心全意、恳切真挚地认为那些邪恶的灵感是神赐的。因此你们必须要提防你们那些发自内心的同情。我相信，你们所有的人，都以慈悲为怀，要不然你们如何奉献自己的一生，来服务我们仁慈的救主事业？你们会发现，在你们面前的这位年纪轻轻的姑娘，虔诚而又单纯，我必须要告诉先生们，我们的英国朋友所说的，她的任何事情都毫无事实根据，反倒是有大量的证据表明，她的这些放肆行为都是出于信仰和仁爱，而并非是因为世俗名利和放荡不羁。这个女孩不是那种面目可憎、心肠恶毒的人，那种人不用让人控告，他无耻下流的行为就宣告了自己有罪。让她走向毁灭的恶魔般的骄傲，并没有在她的外貌上留下任何痕迹。奇怪的是，除了那些特别让她骄傲的事情外，骄傲也没有在她的性格上留下什么痕迹，所以你会看到一种恶魔式的骄傲和一种天生的谦卑共存在她的灵魂里。因此，你们一定要提高警惕。上帝禁止我泄露天机，可是我还是应该告诉你们要心狠手辣。因为我们一旦对她做出裁决，她将会受到惩罚，正是因为惩罚如此的残酷，所以如果我们的内心要是有一点点的恶意，我们就会丧失被上帝怜悯的希望。然而，如果你痛恨残酷——如果哪位在座的人不痛恨残酷，为了让他的灵魂得到救赎，我会让他退出这个神圣的法庭——我说，如果你们痛恨残酷的话，请记住我的话：只有容忍异端所造成的后果才是最残忍的事情。还要记住：老百姓对待他们所怀疑的异端是那样的残忍，没有哪个法庭会忍得了。神圣宗教法庭手里的异端分子是不会受到暴力对待的，而且保证会得到公正的审判，如果承认有罪，并且真心悔改的话，就能免除死刑。正是由于神圣宗教裁判所把这些异端分子从人民手里接过来，或者因为人民把他们交给宗教法庭来处理，想让宗教法庭处死他们，许许多多生命才免于一死。在神圣宗教裁判所建立之前，甚至现在宗教法庭的人员没有及时赶到的时候，那些被怀疑为异教徒的可怜虫（可能是疏忽搞错了，或是被冤枉了）就会被乱石打死，凌迟处死，沉湖溺死或是连房子带无辜的孩子一同烧成灰烬，没有什么审问，也不会举行忏悔仪式，更没有什么葬礼，只能像条狗一样被草草掩埋。这一刃的行为在上帝看来才是真正的可憎可恨，在人类看来才是残忍无比。先生们，由于我的天性和我的职业，我是富有同情心的，对那些不知道这些事情如果没有人去做的话，后果会多残酷的人来说，我们的所作所为貌似才是真正残酷的事情。可是如果不是深知我所做的事情的正义性、必要性及它本质上的仁慈性，我会把自己也绑到火刑柱上。我要求你们也带着和我一样的心态来审理这个案子。愤怒不是一件好事，所以千万别发火。怜悯有时候也很糟糕，所以千万别怜悯。可是一定要仁慈。只要记住一点：公正为先。大人，在我们开始正式审判之前，你还有什么要说的吗？

古雄：你已经替我把话说了，而且说得比我还好。我不知道还有哪位知书明理的人会对你刚才所说的任何一句话提出任何异议。可是我还是想再说两句。你刚才告诉我们的那些残酷的异端邪说真是可怕至极，它们的可怕就像黑死病一样，它们像一阵风似的，刮过就散了，因为头脑健全、通情达理的人是不会受人蛊惑，接受那些赤身裸体、近亲乱伦、多配偶制等诸如此类的怪异行为的。可是我们今天所要面对的这个异端邪说，传播已经遍及欧洲各地，接受它的人既不是意志薄弱，也不是头脑有问题，相反的，越是那些意志比别人坚定的人，越是冥顽不化。这种思想既不会因为极度的异想天开让人不相信，也不像普通寻常的肉欲让人堕落腐败，然而，它却代替了教会深受尊敬的经验智慧，把有罪的世俗人的个人判断提了出来。强大的天主教世界的结构是永远不会被那些赤身裸体的疯子或几个犯了乱伦或多偶罪的人撼动的。可是这些人会从内部破坏它，这些英国司令官称为"抗议主义者"的人会使它分崩离析，成为一片野蛮、荒凉的废墟。

陪审法官们：（低声耳语）抗议主义者！那是什么？主教是什么意思？这是一种新的异端吗？是一个英国司令官说的。你们听说过抗议教派吗？等等，等等。

古雄：（继续讲）这提醒了我，如果少女继续顽固不化，而人们又被感动得同情她，沃里克伯爵有做什么措施来保护世俗权力吗？

神父：大人不必担心这一点。高贵的伯爵大人已经带了八百个全副武装的士兵守在门口。即使全城的人都站在她那边，我们英国人也不会让她从手指缝里溜走的。

古雄：（厌恶地）难道你不用补上一句"但愿上帝宽恕她，让她悔改并且赎自己的罪"吗？

神父：听起来好像不大通顺，可是大人，我一定会听从你的建议的。

古雄：（轻蔑地耸了耸肩，对他毫无办法）现在开庭。

宗教法官：把被告带进来。

拉德维努：（高声喊道）被告。带她进来。

贞德戴着脚镣，被一队英国卫兵从犯人坐凳后面的拱门里带了出来。一起出来的还有刽子手和他的助手。他们把她带到犯人坐凳前，解开镣铐，站到了凳子后面。她穿着一件侍童的黑色衣服。长时间的关押和多次紧张的审讯在她的身上留下了烙印，可是她仍然是生机勃勃。面对法庭她毫不在乎，没有丝毫的畏惧之色——可是这种畏惧是正在摆出庄严法相的法官们所需要的，以营造一种让人难忘的完整效果。

宗教法官：（友好地）坐下，贞德。（她坐在犯人坐凳上）你今天脸色很苍白。身体不舒服吗？

贞德：谢谢你的关心，我很好。可是主教给我送了条鲤鱼，吃了鱼后，身体就不舒服。

古雄：非常抱歉。我还让他们一定要找条新鲜的呢。

贞德：你的好意我领了，只是我吃不习惯这种鱼。英国人还以为你想毒死我——

古雄：（异口同声）什么？

神父：不会的，大人。

贞德：（继续说道）他们已经决定要把我当成女巫烧死，他们还让自己的医生来把我治好了，可是他们不让我流血，因为那些愚蠢的人们认为，一个女巫的巫术会随着血液的流失而消失，因此那个医生只是来把我臭骂了一顿。你们为什么把我送给英国人？我应该由教会来管才对。还有为什么我的脚锁在这些圆木头上啊？你们是怕我飞走吗？

德司蒂维：（厉声说道）你这个女人，你不应该质问法庭，应该我们来审问你。

库尔塞勒：你一旦被解开脚镣的话，不会一下子跳到六十英尺高的塔上逃跑吗？如果你不会像女巫一样飞，你为什么到现在还活着？

贞德：我觉得塔可没那么高。可是自从你们开始问我这个问题以来，这座塔就不断地长高。

德司蒂维：你为什么要从那么高的塔上跳下来？

贞德：你怎么知道我跳了？

德司蒂维：你被发现的时候，正躺在壕沟里。你为什么要离开那座塔？

贞德：如果犯人能够逃跑的话，他们会想要被囚禁吗？

德司蒂维：你想要逃跑？

贞德：当然那么想过，而且还不是第一次。如果你把笼子的门开着，鸟儿也会飞出去的。

德司蒂维：（站起来）这就是对异端邪说的供词。我希望法庭能注意到这件事情。

贞德：你叫它异端邪说！如果我想要越狱的话，我就是个异教徒吗？

德司蒂维：当然如此，如果你在教会的手里，还固执地想要逃跑的话，你就是背弃了教会，这就是异端行为。

贞德：真是一派胡言。没有谁会像傻瓜一样想要被关起来。

德司蒂维：你都听见了，大人，我在履行自己职责的时候被这个女人痛骂了一番。（愤愤不平地坐下）

古雄：我以前就警告过你，贞德，你这种不得体的回答会让自己陷入不利的境地。

贞德：可是你们又不讲道理。如果你们讲理的话，我也会讲理。

宗教法官：（打断她的话）这不合乎程序。你忘了吗，起诉人先生，起诉程序还没正式开始呢。提问时间是在她手按福音书发誓把实话都告诉我们之后。

贞德：你每次都和我说这个。我已经一再说过，我会告诉你们关于这次诉讼的所有相关事情。可是我不会和你说实话——上帝不允许我把所有的实话都说出来。就算我说了，你们也听不懂。老话说的好：老说大实话，难免上绞架。我厌倦了吵来吵去，咱们已经折腾九次了。我已经把能发的誓都发了，所以再也不会发誓了。

库尔塞勒：大人，应该对她用刑。

宗教法官：你听见了吗，贞德？对顽固不化的人就要那么做。你回答之前要想清楚。她看过刑具了吗？

刽子手：都准备好了，大人。她已经看过了。

贞德：就算你们把我五马分尸，让我灵魂出窍，可是除了我对你们之前说过的话外，你们什么也得不到。而且我说多了你们也不懂啊！还有，我怕疼，如果你们一对我用刑，我就会说任何你们想听的话。可是过后，我还是会把这些话再收回来，所以说用刑又有什么用啊？

拉德维努：听起来很有道理。我们审问的时候要仁慈。

库尔塞勒：可是刑讯逼供自古就有。

宗教法官：但是不能肆意使用。如果被告自动认罪的话，再用刑就不公平了。

库尔塞勒：可是这不符合习惯，也不符合规定啊。她拒绝发誓。

拉德维努：（厌恶地）难道你对这个姑娘用刑仅仅是为了取乐吗？

库尔塞勒：（不知所措）这不是为了取乐。这是法律，这是习惯，向来如此。

宗教法官：并非如此，教友。除非审案的那些人根本不懂法律。

库尔塞勒：可是这个女人是异教徒。我向你保证，对待异教徒一直是这样。

古雄：（斩钉截铁地）如果没有必要的话，我们今天是不会这样做的。关于这个问题就到这儿吧。我不想被别人说我们是靠刑讯逼供审案的。我们已经派了最好的布道者和医生给这个女人，去劝诚她、恳求她，要把她的灵魂和肉体从烈火中救出来——我们是不会让刽子手把她推到火堆里的。

库尔塞勒：大人当然是慈悲心肠，可是违背惯例是要付出重大代价的。

贞德：你真是个世间少有的笨蛋，先生，只敢上次做过的事情是你的人生信条吧，嗯？

库尔塞勒：（站起来）你这个浪荡的妇人，竟敢骂我笨蛋？

宗教法官：忍耐，教友，忍耐。你一定会报这个仇的，只是我怕这个仇报得太可怕。

库尔塞勒：（嘴里嘟哝着）你才是傻瓜！（心怀不满地坐下）

宗教法官：还有，请大家不要因为这个放羊女的粗鲁言行大动肝火。

贞德：不，我不是什么放羊女，虽然我和别人一样帮助过羊。我在家里干的就是一般女人干的活——纺线或者织布——都可以拿出来和鲁昂任何一位太太比试看看。

宗教法官：这不是你争强好胜的时候，贞德。你现在处于极大的危险之中。

贞德：我知道，难道我没因为自己的争强好胜，得到惩罚吗？如果我不是在打仗的时候像傻瓜一样穿了件金色的袍子，也不会被勃艮第党人的士兵一把把我从马上拉下来，更不会在这里了。

神父：如果你在女红方面这么擅长的话，你为什么不待在家里做女红呢？

贞德：这些事已经有非常多的女人在做了，可是却没有人做我干的事。

古雄： 好了，贞德！我们已经浪费了太多时间在这些细枝末节上了。我要向你提一个最为严肃的问题。请注意你自己的回答，因为这是性命攸关的事情。你能对你所说的话和所做的事负责吗，不管是好是坏，都愿意接受神圣教会的审判？特别是起诉人在法庭上指控你的那些言行，你愿意完全地服从上帝名义下的教会的裁决吗？

贞德： 我是一个虔诚的教会之子。我愿意服从教会——

古雄： （满怀希望地前倾着身子）你真的愿意？

贞德： ——如果对我不提出过分要求的话。

古雄深深叹了口气，跌坐在椅子上。宗教法官瘪了瘪嘴，皱了下眉头。拉德维努同情地摇了摇头。

德司蒂维： 她把让人难以忍受的错误和愚蠢强加到教会头上。

贞德： 如果你命令我承认我说过的话做过的事，还有见过的幻象、受过的启示都不是从上帝那里得到的——绝对不可能，无论如何我也不会承认。上帝让我做的那些事情，我永远也不会违背，他已经命令我或将要命令我做的事情，我会尽全力去做，不管别人说什么。我所说的不可能的事，是指如果教会让我做的事情违背了上帝对我的旨意，不管怎么样，我都不会答应的。

陪审法官们： （大吃一惊，愤愤不平）噢！教会竟会违背上帝！你在说什么呢？鼓吹异端邪说。真是让人无法容忍。

德司蒂维： （扔掉手中的文书）大人，这还需要其他证据吗？

古雄： 女人啊，你所说的话足够上十次火刑柱了。你真的不想听忠告吗？你真的不明白吗？

宗教法官：如果教会的人告诉你，你所见到的幻象和受到的启示，都是魔鬼要引诱你堕入地狱，难道你不相信教会比你更聪明？

贞德：我相信上帝比我聪明，他的旨意我都会执行。所有你们嘴里那些我犯的罪过，都是我在按照上帝的旨意行事。我以前就说过我是依照上帝的命令做的这些事情。除了这些话之外，我不会多说一个字。即使教会的人说我是违背教会，我也不会放在心上，因为我只听上帝的话，他的命令我会永远遵从。

拉德维努：（恳切地劝道）你根本就不知道你在说什么，孩子。你想让自己去送死。听着，你不认为你应该服从上帝在人间的教会吗？

贞德：我什么时候说我不承认了啊？

拉德维努：很好。这样说来，你就应该服从我们的教皇、红衣主教、大主教和主教。这些人今天都在这儿了。

贞德：上帝必须被放在第一位。

德司蒂维：是你所听到的声音命令你不服从教会吗？

贞德：我听到的声音没有让我违背教会，可是上帝必须放在第一位。

古雄：这么说来你是法官，而不是教会？

贞德：要是我自己都没有判断力，我又怎么会做出判断呢？

陪审法官们：（大为愤慨）天啊！（说不出话来）

古雄：你说的话已经给自己宣判了罪行。我们已经竭尽全力，想把你从自我犯罪的边缘上拉回来，我们一次又一次地为你打开重生的大门，而你却当着我们的面，当着上帝的面，把这扇门狠狠地关上了。听你的话的意思，你是已经得到了上帝的恩宠了？

贞德： 如果我没得到，上帝也会给予我的。如果我得到了，上帝会让我永沐荣耀！

拉德维努： 真是非常精彩的回答，大人。

库尔塞勒： 你是在沐浴着上帝的恩宠的时候，偷的主教的马吗？

古雄： （大发雷霆，站起来）噢，让主教的马还有你都见鬼去吧！我们是在这儿审理异端案件，可是刚刚触及案件的源头，就让这些什么都不懂只知道马的傻瓜又把问题拉回了原点。（气地瑟瑟发抖，勉强让自己坐下）

宗教法官： 先生们，先生们，一直纠缠这些小事会让你们成为少女最好的支持者。主教大人对你们失去耐心，我一点儿也不奇怪。起诉人有什么要说的吗？他也在乎这些胡言乱语吗？

德司蒂维： 我的职责要求我记录下一切事情，可是既然这个女人已经承认了异端的罪名，而这个罪名一定会把她逐出教会，所以，就算她犯了会让她受到轻罚的微小罪过，又有什么关系呢？你们这样纠缠琐事，我和主教大人一样，非常气恼。可是，我还是要非常郑重地强调，她已经对她的两个非常可怕的亵渎上帝的罪行供认不讳了。第一，她和魔鬼在灵魂上进行交流，因此她是一个女巫。第二，她穿着男人的衣服，这是不得体的、违背人性的和让人厌恶的，即使有我们最诚挚的劝诫和恳求，可是在接受圣餐的时候，她竟还不肯脱下它。

贞德：难道神圣的圣凯瑟琳也是魔鬼吗？圣玛格丽特也是吗？大天使迈克尔也是吗？

库尔塞勒：你怎么知道你见到的精灵就是大天使？你见到的不是一个赤身裸体的男人吗？

贞德：你是觉得上帝买不起衣服穿吗？

这句话开了库尔塞勒一个大玩笑，陪审法官们忍不住笑出来。

拉德维努：说得好，贞德。

宗教法官：实际上，这真是一个很好的回答。可是没有哪个魔鬼那么傻，他在见一个女孩之前，一定会先乔装打扮一番，把自己假扮成至高无上的上帝使者。贞德，教会向你宣布，这些奇异的幻象都是想要毁灭你灵魂的魔鬼。你能听从教会的命令吗？

贞德：我只接受上帝的旨意。哪个虔诚的教会信徒会拒绝他的旨意呢？

古雄：可怜的女人，我再问你一次，你知道你自己在说什么吗？

宗教法官：和她灵魂里的魔鬼较劲，你只会白费力气，大人，她已经无药可救了。就拿她穿男装这件事情来说吧，最后一次问你，你愿意脱下那身无耻的男装，换上适合你的女性衣服吗？

贞德：不愿意。

德司蒂维：（突然跳起来）这是逆反罪，大人。

贞德：（万分苦恼）可是那个声音告诉我，必须要穿士兵的衣服。

拉德维努：贞德啊，贞德，你如何来证明你所听到的声音不是魔鬼的声音呢？你能用一个合理的理由解释一下，为什么一个上帝的天使会给你这样一个无理的建议呢？

贞德：哎呀，可以啊。这个不是再清楚不过的事情吗？我曾是一个生活在军队里的士兵。现在我是一个被士兵看押的犯人。如果我穿成一个女人的样子，他们会拿我当女人看待，那样的话我会怎么样呢？如果我穿成士兵的样子，他们就会拿我当一个士兵看待，我就可以和他们生活在一起，就像和自己的弟兄在家里一样。这就是圣凯瑟琳告诉我，在没得到她的允许之前，不能穿女人的衣服。

库尔塞勒：她什么时候允许你穿女人的衣服呢？

贞德：什么时候你们把我从英国人手里接过去，我就什么时候穿女人的衣服。我告诉过你，我应该由教会来处置，而不是让沃里克伯爵的四个士兵成天到晚地看着我。难道你想让我穿着衬裙和他们待在一起吗？

拉德维努：大人，天可明鉴，她说的话真是愚蠢至极，让人震惊。可是话里面也带着那么点世俗道理——这个道理是乡野村姑也会懂得的。

贞德：要是我们乡下人也像你们这些朝堂上的人一样蠢的话，恐怕你们所有的人连饭都吃不上。

古雄：这就是她对你的尽力挽救所做的回应，马丁教友。

拉德维努：贞德，我们都在想方设法地救你。主教大人也在竭尽全力挽救你。宗教法官大人像对待自己的女儿一样，公正无私地来审判这个案子。可是你却被可怕的骄傲自大和自以为是蒙蔽了双眼。

贞德：你为什么说这些？我没有说错什么。我真是想不明白。

宗教法官：神圣的圣阿萨内修斯在圣典中写道：那些不能理解别人的人注定下地狱。光有诚实是不行的。或者只是诚实的老实人也是不行的。如果心灵笼罩在黑暗中，就算再诚实也不会比一只牲畜好到哪儿去。

贞德：诚实的牲畜也有大智慧，我告诉你吧。有时候智者也会非常愚蠢。

拉德维努：我们知道这些，贞德，可我们不像你认为的那么愚蠢。还是收收你的脾气，好好地回答我们的问题吧。你看到站在你身后的那个人了吗？（他指指刽子手）

贞德：（转过身，看着刽子手）你是行刑者？可是主教说不让你们对我用刑。

拉德维努：不对你用刑是因为你已经承认了自己的罪行，而这些罪行正是判决所需要的。这个人不光是个行刑者，还是个刽子手。刽子手，让少女听清楚你对我问题的回答。你今天是要准备对一个异端分子实行火刑吗？

刽子手：是的，大人。

拉德维努：火刑柱准备好了吗？

刽子手：准备好了。就在市场中心。英国人把她支得非常高，不让我靠近她，这样她会死得很快——这是一种很残忍的死法。

贞德：（害怕地）可是你并不打算马上烧死我，是吗？

宗教法官：你到底是想明白了。

拉德维努：现在有八百名英国士兵在这里待命，要把你送到市场去，只要法官动动嘴皮，宣布开除你的教籍，你立刻就会被押到市场。你已经离死亡不远了。

贞德：（绝望地四下望去，想寻求帮助）噢，上帝啊！

拉德维努：不要绝望，贞德。教会是仁慈的。你就可以救你自己。

贞德：（满怀希望）对呀，那个声音告诉我，我不会被烧死的。圣凯瑟琳也鼓励我勇敢些。

古雄：你这个女人是彻底地疯了吗？你到现在还不明白吗？是你听到的声音欺骗了你。

贞德：不，不可能。

古雄：不可能！它会领着你，一直领到开除你的教籍，然后再把你领到火刑柱上去，现在火刑柱已经为你准备好了。

拉德维努：（咄咄逼人）自从你在贡比涅被抓住后，它们给你的承诺有兑现过一回吗？魔鬼已经背弃了你。只有教会才会伸出双臂来救你。

贞德：（绝望地）真的是这样，真的，我听到的声音欺骗了我。我被魔鬼给玩弄了，我的信仰破灭了。我以前只知道冲啊，冲啊，可是只有傻瓜才愿意进火堆，上帝啊，请给我你的旨意吧，你是不会让我做这种事情的。

拉德维努： 现在赞美上帝吧，他已经挽救了你十一个小时了！（他冲到文书旁边的空座位上，抓过一张纸，在上面匆匆地写了几个字）

古雄： 阿门！

贞德： 我该做什么？

古雄： 你必须在这个异端罪行悔过书上签字。

贞德： 签字？就是把我的名字写上去。可是我不会写。

古雄： 你以前不是给很多信件签过字吗？

贞德： 是签过，可那是别人手把手教我写的。我只会画十字。

神父： （在旁边听着，越听越惊讶，越听越气愤）你的意思是，要放过这个女人吗？

宗教法官： 法律总得经过一些程序，司托干巴教友。你是了解法律的。

神父： （站起来，脸气得涨红）我知道，不能相信法国人。（会场一片骚动，他大声喝止）我能想到，如果温彻斯特红衣主教听到这个消息时，会说什么。我知道，如果沃里克伯爵听到你们要违背他的意愿时，会怎么做。门外现在有八百名士兵，尽管你们反对，他们也一定会想办法烧死这个该死的女巫。

陪审法官们： （人声嘈杂）这是怎么回事？他刚才说什么？他骂我们背信弃义！真是让人忍无可忍。不相信法国人！你听到了吗？真是一个叫人受不了的家伙。他是谁？英国教会的人都这个德行吗？他肯定是疯了，要不就是醉了，等等，等等。

宗教法官：（站起来）请安静！先生们，请安静！神父先生，请想一下你的圣职、你的身份、你的地位。我命令你坐下。

神父：（倔强地交叉着双臂，脸上的肌肉抽动着）我就不坐下。

古雄：宗教法官大人，这个人刚才当面骂我背信弃义。

神父：你就是背信弃义。你们所有的人都背信弃义。你们刚才什么都没干，光顾着跪在地上，一个劲儿地求这个该死的女巫悔过。

宗教法官：（平静地重新落座）如果你不坐下，你就站着吧——就是这样。

神父：我才不站着呢。（他一下子坐到椅子上）

拉德维努：（手里拿着文件，站起来）大人，这份是让少女签字的悔过书。

古雄：读给她听。

贞德：不用这么麻烦，我签字就是了。

宗教法官：你这个女人，你必须知道自己签的什么字。读给她听，马丁教友。所有人都安静。

拉德维努：（心平气和地读）"我，贞德，即所谓的少女，一个可怜的罪人，甘愿承认本人所犯的下列诸多重大罪行。我曾僭称亲受上帝、天使和圣徒之启示，虽教会多番告诫勿受妖魔引诱，但仍不知悔改。我违圣经圣典之意，穿着不规，玷污神圣。又剃发如男，违背上天嘉许之女子职守，舞刀弄剑，伤人害命，使得两国交战，且又施法害人，反将此累累罪行归罪于我主，狂妄至极，莫此为甚。我谨承认本人曾犯蛊惑民心、崇拜偶像、违令不遵、不服管教和鼓吹异端邪说之罪。且此所有罪行，我永不再犯，与之断绝，与之背离。在座诸位大人引我改邪归正、重新做人，承蒙我主圣恩，我以谦卑之情对此盛宠感恩戴德。誓不再犯以往之过错，对神圣教会忠贞不渝，对圣父罗马教皇唯命是从。此悔过书以全能的主及神圣福音之名起誓信守，特此签名为证。"

宗教法官：贞德，你听明白了吗？

贞德：（无精打采）明白了，大人。

宗教法官：所说属实吗？

贞德：可能属实吧。如果不属实的话，市场上的火刑柱也不会为我支起来了。

拉德维努：（拿起笔和书，匆忙向贞德走过去，怕她再生出别的是非来）来吧，孩子，让我来握住你的手，拿好笔。（她拿起笔来，用书垫着，开始写名字）贞——德——好了，现在你自己画个十字吧。

贞德：（画了个十字，把笔还给他，因为身心遭受磨难而痛苦不堪）给你！

拉德维努：（把笔放回桌子上，恭恭敬敬地把悔过书呈给古雄）赞美上帝吧，教友们，迷途的羔羊又回来了。牧羊人对于她的迷途知返对比于九十九个义人还要高兴呢。（他回到座位上）

宗教法官：（从古雄那里拿过悔过书）我们宣布，由于你的悔过，我们免除对你开除教籍的处罚。（把悔过书丢在桌子上）

贞德：谢谢你。

宗教法官：可是因为你曾经狂妄地冒犯过上帝和神圣的教会，所以为了便于你沉思悔过，防止你再次重蹈覆辙受到诱惑，也为了洗涤你的灵魂，通过清苦的苦行来救赎你的罪过，让你能一尘不染地重回上帝仁慈的宝座旁边，我们现在宣判，判你终身监禁，在牢中吃悔恨的面包，喝痛苦的清水——直到你离开人间的最后一天。

贞德：（愤怒无比，一下子从座位上跳起来）终身监禁！我还是没有自由啊？

拉德维努：（稍微惊讶）自由，孩子，你自己犯了这么多罪过！你在做什么梦呢？

贞德：把那张纸给我。（她冲到桌子前面，一把抢过那张纸，撕了个粉碎）点燃你的火堆吧，你以为我会怕死怕到愿意像老鼠一样躲到洞里过日子吗？我听到的声音是对的。

拉德维努：贞德！贞德！

贞德：对了，那些声音告诉我，你们都是傻瓜。（这句话激发了极大的愤怒）我就不该听你们那些好话，也不该相信你们的仁慈。你们答应让我活着，可是你们撒谎了。（愤愤不平地呼喊道）你们认为，生命是毫无趣味的事情，只要有一口气在就算是活着。我不是怕缺衣少食，只要有面包我就可以活下来——我什么时候还有过其他过分要求了？只要水干净，喝水不是什么苦差事。对我来说面包里没有悔恨，水里没有痛苦。可是如果你们把我关起来，不让我看到天空的亮光，不让我闻到田野的花香；把我的脚铐起来，使我不能再和战友们跨马驰骋，也不能再登上高高的山顶，只能在黑暗中呼吸潮湿肮脏的空气，把一切能让我想起上帝慈爱的东西都拿走，你们用自己的恶毒和愚蠢企图引诱我恨他——你们所做的这一切可怕的事情比《圣经》中说的连续火烧七天的火炉还要糟糕。我可以不骑战马，我也可以从此穿上长裙，我也可以忍受自己被落在后面，眼看着战旗、军号、骑士、士兵从我跟前跑过，就像把别的女人甩在后面一样——如果我还能听见树林里的风声、阳光下云雀的歌唱，初受霜寒，小羊羔咩咩的叫声，神圣、祥和的教堂里传来的钟声——这些钟声随风传送来天使的声音。可是如果这一切都没有了，我就活不下去。而你们正试图把这一切都从我身边夺走，从别人的身边夺走，我知道你们这些想法都是魔鬼给的，而我的是上帝的旨意。

陪审法官们：（大声喧哗起来）亵渎上帝！亵渎上帝！她疯了。她说我们的想法是魔鬼给的，她的是上帝给钓。太可怕了！魔鬼又降临我们身边了，等等，等等。

德司蒂维：（大声喊叫，压住喧哗声）她是一个故态复萌的异端分子，顽固不化、屡教不改，完全不值得我们对她仁慈。我要开除她的教籍。

神父：（对刽子手说）伙计，去点上你的火堆吧。拉她到刑场上。刽子手和他的助手们急忙穿过庭院出去了。

拉德维努：你这个恶毒的女人，如果你的想法是上帝给的，那他为什么不来救你呢？

贞德：他和你们不一样。他就是想让我穿过火堆，到他的怀抱里去，因为我是他的孩子，你们这些人根本就不配和我生活在一个世界上。这是我对你说的最后一句话。

士兵们上来抓住她。

古雄：（站起来）等等。

他们停下动作。又是死一般的安静。古雄对宗教法官做出恳求的表情。宗教法官郑重地点点头。两人肃穆地站在那里，用坚定的语气轮番说道。

古雄：我们裁定，你是一名故态复萌的异端分子。

宗教法官：将你从教会这个大家庭中清除出去。

古雄：把你从教会的机体上分离。

宗教法官：你传染上了异端的麻风病。

古雄：成为了撒旦的一分子。

宗教法官：现在法庭宣布，开除你的教籍。

古雄：现在我们把你赶出教会，隔离出去，交由世俗权力处置。

宗教法官：我们会劝告世俗权力，在判你死刑和肢解的问题上对你仁慈一点。（他又坐回到地上）

古雄：如果你有任何真诚悔过的表现的话，可以准许我们的马丁教友帮你施悔过者的圣礼。

神父：把女巫投入火堆。（他向她冲过去，帮着士兵把她推出去）

贞德穿过庭院被带了出去。审判法官们都纷纷站起来，跟在士兵们的后面，只有拉德维努用双手捂着脸，站着没动。

古雄：（想要站起来，却坐在那里）不，不，这不合乎常理。世俗势力的代表应该来这儿把她带走。

宗教法官：（也站起来）那个男人是个无可救药的傻瓜。

古雄：马丁教友，你去看着他们，所有的事情都得按规矩来。

拉德维努：我是支持她的，大人。下命令的事，还是你自己去吧。

古雄：这些英国人什么事都做得出来，他们会直接把她扔到火堆里的。看呀！他指着庭院，那里冲天的火光映红了五月的白昼。现在法庭里只剩下主教和宗教法官两个人。

古雄：（转身离开）我们必须去拦住他们。

宗教法官：（平静地）对，但也不能太快，大人。

古雄：（犹豫不决）可是，没有时间了啊。

宗教法官：我们完完全全在按程序办事。如果英国人一定要自行其是的话，纠正他们不是我们的责任。现在程序上有问题，说不定将来好办事，谁知道呢。这件事结束得越早，对这个姑娘越好。

古雄：（放松下来）这倒是实话。可是我还是认为我们必须要对这件可怕的事情负责到底。

宗教法官：我都习惯了，习惯成自然。我见惯了火刑，很快就结束了。不过眼看着这么一个年轻无辜的生命要在教会和世俗这两大势力的压榨下，变得粉身碎骨，还真是一件可怕的事情。

古雄：你说她无辜！

宗教法官：对，的确很无辜。对于教会和法律，她能知道些什么呢？我们刚说的话，她甚至一个字也听不懂。遭罪的都是那些目不识丁的人。来吧，可能我们还能看到最后一幕。

古雄：（跟着他出去了）就算我们错过了，我也不会遗憾的。我可不像你一样对这种事习以为常。他们出去的时候，沃里克正要进来，两拨人碰面了。

沃里克：啊，打扰二位了。我以为都结束了呢。（他装作要走开的样子）

古雄：别走，大人。是都结束了。

宗教法官：行刑不归我们负责，爵爷。可是结束的时候，我们还是最好在场。所以还请你原谅——（他弯腰行礼，穿过庭院出去了）

古雄：爵爷，我有一个疑问，不知道你们的人是不是遵从了法律的规定？

沃里克：大人，有人告诉我，你还有一个疑问，就是你的权威在这个城市里是不是有效。因为这不是你的教区。不管怎么样，如果你能回答这个问题，我就可以回答你其他问题。

古雄：我们两个都必须对上帝有所保证。上午好，爵爷。

沃里克：上午好，大人。两个人毫不掩饰自己的敌意，互相盯着对方。然后古雄跟着宗教法官走了出去。沃里克四下看了看，发现法庭里只剩下自己一个人，大声地呼喊仆人。

沃里克：喂，有人在吗？（安静）喂，有人吗？（安静）喂，布莱恩，你这个小浑蛋，你在哪儿呢？（安静）卫兵！（安静）看

· 120 ·

来他们都去看火刑了，连孩子都去了。寂静被一个人疯狂的号叫和啜泣声打破。

沃里克： 真是见鬼，怎么——神父像一个精神错乱的人一样，摇摇晃晃地从院子里走了过来。

他脸上挂满了泪水，发出令沃里克哀怜的叫声。他一边伤心地呜咽，一边蹒跚着走到犯人坐凳前，一屁股坐下。

沃里克： （朝他走过去，拍着他的肩膀）怎么了，约翰神父？出什么事了？

神父： （紧紧抓住他的手）爵爷，爵爷，看在耶稣基督的分儿上，为我这个可怜的有罪的灵魂祷告吧。

沃里克： （安抚着他）好，好，我肯定会为你祷告的，平静地，温和地——

神父： （极度痛苦地啜泣）我不是一个坏人，爵爷。

沃里克： 不是，你当然不是。

神父： 我没想要害人。我不知道事情怎么会变成那样。

沃里克： （变得冷酷无情）噢！你都看到了。

神父： 我不知道我做了什么。我是一个莽撞的傻瓜，我会下地狱的，永世不得翻身。

沃里克： 胡说！毫无疑问，这件事的确很悲惨，可是这不是你做的啊。

神父： （痛苦地）可是，是我让他们干的啊。如果早知道是这样，我就把她从他们手中抢回来。你不明白——你没有亲眼目睹事情的发生。你什么都不知道的时候，动动嘴皮子自然很轻松。你说出一些过激的话使自己疯狂，你让自己犯罪，你往自己地狱一般的怒火上浇油似乎是冠冕堂皇的事情。可是一旦事情在你眼前发生，你会亲眼看见自己的所作所为，火光闪花了你的眼睛，浓烟扼住了你的喉咙，呼喊声撕裂了你的心脏，然后——然后——（膝盖猛地一软，跪在地上）哦，上帝啊，快把这些景象从我的视野里拿开！噢，耶稣基督啊，救我脱离这个快要把我烧成灰烬的火海！她在烈火中呼喊着你的名字：耶稣！耶稣！耶稣！现在她走进了你的怀抱里，而我永远地堕入了地狱。

沃里克：（赶紧把他拉了起来）醒醒，伙计！你必须振作起来。要不这件事会闹得满城风雨。（他把他粗鲁地塞进一把椅子里）如果你没有胆量，就永远不要去看这种事情，你为什么不学学我，离得远远的。

神父：（无所适从却很听话）她向我要个十字架。一个士兵给了她两根绑在一起的棍子。感谢上帝，那个士兵是个英国人！本来我该给她的，可是我没有给。我是个懦夫，是个疯狗，是个傻瓜。可是那个士兵也是个英国人。

沃里克：傻瓜！如果他被那些牧师抓住把柄，他也会被烧死的。

神父：（激动地抽搐起来）还有些人在嘲笑她，就算是基督的十字架，他们也会嘲笑。他们是法国人，爵爷，我知道他们是法国人。

沃里克：嘘！有人来了。冷静点儿。拉德维努穿过庭院回来了，在沃里克的右边停住，手里拿着一个刚从教堂拿出来的主教十字架，非常的庄重肃穆。

沃里克：我听说一切都结束了，马丁教友。

拉德维努：（神秘兮兮地）我们不知道啊，爵爷。应该才刚开始吧。

沃里克：你究竟是什么意思？

拉德维努：我从教堂拿了这个十字架给她，让她到最后也能看着它。她刚才怀里只抱着两根小棍子。当火逐渐蔓延到我们身边的时候，她发现如果我还拿着十字架站在她前面的话，火就会烧到我身上。所以她赶紧警告我下去逃命。爵爷，一个在这种关头还记挂着别人安危的姑娘，怎么可能会受到魔鬼的蛊惑呢。当我不得不把十字架从她眼前拿走的时候，她眼望苍天。我相信天上绝不是空荡荡的。并且我坚信，笼罩仁慈荣光的救世主一定会出现在她的面前。她呼喊着主的名字，死去了。这不是她的终结，而只是她的开始。

沃里克：恐怕这会在人民内部产生不好的影响吧。

拉德维努：不好的影响已经在有些人当中产生了，爵爷。我听到了笑声。请原谅我要说的话，我认为，并且我相信，这个笑声是英国人发出来的。

神父：（发狂似的跳起来）不对，那不是英国人的笑声。那个时候只有一个英国人玷污了他的祖国，就是那条疯狗，德·司托干巴。（他发疯似的尖叫着冲了出去）让他们折磨他吧。让他们烧死他吧。我要跪在少女的骨灰里祷告。我还不如犹大，我要吊死自己。

沃里克：快，马丁教友。追上他——他会自杀的。快追上他。

沃里克在后面催促着，拉德维努赶紧跑了出去。刽子手从法官椅子后面的门走进来。沃里克一转身，发现自己正好和他脸对着脸。

沃里克：小子，你是谁？

刽子手：（神气十足）我不叫"小子"，爵爷。我是鲁昂市刽子手当中水平最高的，这是一门高难度的神秘手艺。我来是要告诉你，爵爷，我都按您的吩咐办好了。

沃里克：我请求你的原谅，刽子手先生。我一定会想办法弥补你无遗物可卖的损失。我记得你答应过我，要把她烧得干干净净，不留一根骨头，一个指甲，一根头发是吗？

刽子手：可是她的心烧不掉，爵爷。不过我已经把这些东西都沉入河底了——这就是她的结局。

沃里克：（嘴角带着一丝苦笑，想着拉德维努说的话）最后的结局？哼！谁知道呢！

 尾声

　　一四五六年六月的一个晚上，电闪雷鸣之后，断断续续的狂风
吹散了多日来的炎热。法国国王查理七世，也就是贞德生前的那个
王子，现在被称为"胜利者查理"，如今已经五十一岁了。他现在
正躺在一处王宫的床上。床位于房间的一侧，被安放在有两级台阶
的高台上，这样不至于挡住中间那扇高高的尖顶窗。圆形的帷帐顶
上绣着王室的纹章。除了一个圆形的帐顶和几个巨大的鸭绒枕头，
它几乎和一个铺着被褥的大长靠椅没什么两样。这样来人一眼就可
以看清床上人的所有情况。查理并没有睡着，他正在床上看书，也
可以说是在看薄伽丘《十日谈》里面富凯画的插画。他支着腿，把

两个膝盖当成书桌。在他左手边，床旁边的桌子上，放着一幅被彩绘蜡烛照亮的圣母像。墙上挂着彩色落地窗帘，偶尔有风吹来，窗帘上那红、黄两色的刺绣图案就像火焰一样随风摇曳。门在查理的左前方，在离他最远的一个墙角处。一根很大的设计精巧、色彩亮丽的夜警响棒就在床上，他的手下面。查理翻了一页书。半点的钟声在远处悠扬地响起。查理啪的一声合上书，把它扔到一边，抓起响棒，使劲摇晃，响棒发出震耳欲聋的声响。拉德维努应声走了进来，他也老了二十五岁，动作有些生硬迟缓，怀里还抱着鲁昂的那个十字架。查理丝毫没有料到会是他，一下子从床上跳下来，跑到离门很远的地方。

查理：你是谁？我的侍寝官在哪儿？你想干什么？

拉德维努：（庄重地）我给你带来了一个极好的消息。高兴吧，陛下，污名已经从你血液里和王冠上清除干净。虽然一直被阻碍，可是正义最终胜利了。

查理：你在说什么？你是谁？

拉德维努：我是马丁教友。

查理：谁？允许我冒昧地问一句，马丁教友是谁？

拉德维努：少女丧身火海的时候，我就抱着这个十字架。到现在已经二十五年了，差不多有一万天了。在过去的每一天里，我都向上帝祈祷，祈求上帝来证明他的女儿在世间的清白，就像她在天上是清白的一样。

查理：（放下心来，在床尾坐下）哦，我想起来了。我听说过你。你一直对少女的事情耿耿于怀。你参加复审了吗？

拉德维努：我已经向他们提供了我的证词。

查理：复审结束了吗？

拉德维努：结束了。

查理：结果还让人满意吗？

拉德维努：上帝的心意总是让人捉摸不透。

查理：怎么了？

拉德维努：在那次把圣女当成异教徒和女巫的审判当中，倒是说了一些实话，捍卫法律的尊严，打破惯有的仁慈，也没有做错什么事——除了最后那几件可怕的错事：谎话连篇的判决和残忍无情的烈火。可是在我刚参加过的这次复审中，充斥着无耻的伪证，宫廷的腐败，充斥着对一个敢想敢做的死者的诽谤。对有争议问题的懦弱逃避，以及根据谎言编造出来的、连牛倌都骗不过去的证词。然而，就在这种对正义的侮辱和对教会的诽谤当中，在这些泛滥的谎言和愚蠢的行为当中，人们才了解了真相。那些烈火和烧柴在洁白长袍上留下的污痕，也因这次重申被洗刷干净，人们又重新给予了这个圣洁的生命以尊崇。一位在烈火中永生的真正勇士最终被视为神灵，一个弥天大谎终被揭穿，一桩陈年冤案终得以昭雪。

查理：我的朋友，如果他们不再说我是由一个女巫或异端分子加冕的，那我也不会去纠缠你在这里面是否弄虚作假。如果最后皆大欢喜的话，我想贞德也不会有什么意见的——我了解她，她不是那种多事的人。她的名誉彻底恢复了吗？我可把话说清楚了：不允许有任何的流言蜚语。

拉德维努：我们已经正式宣布了：那些审判她的法官都犯了贪赃、舞弊、欺诈、蓄谋犯罪——这四大虚妄罪过。

查理：虚不虚妄的，我倒不管，反正审判她的那些法官都已经死了。

拉德维努：对她的那些判决也被打破了，废除了，不再生效了，变得毫无价值，也没有丝毫的效用了。

查理：很好。这样就没有人可以再挑战我的权威了吧？

拉德维努：就连查理曼大帝和大卫王也没有经历过这么神圣的加冕礼。

查理：（站起来）对极了。想想，这对我的意义是多么重大！

拉德维努：我考虑的是对她有多么大的意义！

查理：你想不明白的。我们谁也不知道对她有什么意义。她和别人都不一样，并且不论她在哪儿，她都只管好自己的事，我是管不了她的事，不管你怎么想，反正你也是一样——你还没有那么高的地位。关于这个，我还要再告诉你一遍。即使你能让她死而复生，不出六个月他们还是会把她再扔进火堆，无论他们现在对她有多崇拜。你也会像刚才一样，还是抱着十字架。所以（在胸前画着十字架）还是让她安息吧，也让你和我都各自管好自己的事，不要去插手她的事了。

拉德维努：上帝是不会容许，我把自己和她的界限划得那么清楚的！（他转过身，像来时那样，大步流星地走出去，说道）从今以后，我再也不会踏入宫廷，再也不会和权贵结交。

查理：（目送他到门口，然后大声喊道）希望你能好人有好报啊，圣人！（他转身走到卧室中间，停下脚步，困惑地自言自语道）真是个有趣的家伙。他是怎么进来的？我的人都哪儿去了？（他急忙回到床前，摇摇响棒。一阵疾风从开着的门吹进来，墙壁也在风中剧烈地摇晃。蜡烛熄灭了。他在黑暗中大声喊道）喂！快来人把窗户关上——东西刮得到处都是。（一束亮光照亮了尖顶窗。一个模糊的轮廓出现在窗上）谁在那儿？是谁？救命啊！有刺客啊！（雷声滚滚。他一下子跳上床，把自己藏在被褥下面）

贞德的声音：别紧张，查理，不用害怕。你乱喊乱叫什么啊？没有人听得到。你在睡觉呢。（贞德模糊的身影站在床边，身上透着幽幽的绿光）

查理：（探出头来）贞德！你是鬼吗，贞德？

贞德：连鬼也不是，老伙计。一个被烧成灰的可怜丫头还能成鬼吗？我只是一个梦，而你正在做梦。（光渐渐变强，他坐起来，两个人的影像都变得清晰起来）你好像老了，老伙计。

查理：我是老了。我真的在睡觉吗？

贞德：你枕在那本闲书上睡着了。

查理：真有意思。

贞德：再有意思也不如我死了有意思，对不对？

查理：你真死了吗？

贞德：和其他死了的人一样，老伙计。我已经脱离肉体了。

查理：真是难以想象！那很疼吗？

贞德：什么很疼啊？

查理：火烧的时候啊。

贞德：噢，那个啊！我已经记不大起来了。我觉得一开始应该很疼吧，后来就一片混乱了，知道我从肉体脱离出来以后，我才有了意识。不过你也别以为不疼，就烧着自己玩。从那以后，日子过得怎么样啊？

查理：还不算太糟。你知道吗？我真的把自己的军队拉出去，打了几次胜仗。跳进壕沟，泡在齐腰深的烂泥和血水里。迎着石块和滚烫的沥青爬上梯子。就像你一样。

贞德：不会吧！查理，我真的把你变成了一个男子汉了吗？

查理：我现在是胜利者查理了。我必须变得和你一样勇敢。阿格妮丝也给我鼓了鼓劲儿。

贞德：阿格妮丝？谁是阿格妮丝？

查理：阿格妮丝·索雷尔。一个我爱的女人。我经常梦到她。可我以前从没梦到过你。

贞德：她和我一样，死了吗？

查理：是的。可是她非常漂亮，不像你。

贞德：（开怀大笑）哈哈！我不漂亮，我一直是个粗鲁的人，一个地地道道的士兵。我几乎就是一个男人了，可惜我不是，要不然也不会给你们带来这么多麻烦了。虽然我脑子里一直想着天堂，上帝的荣耀也一直笼罩我，不管是男是女，要是你们不思进取，我就会一直来骚扰你们。自从你们这些聪明人毫无办法地把我烧成一堆灰后，都发生过什么事啊？

查理：你的母亲还有兄弟请求法庭重审你的案子。后来法庭宣布审判你的那些法官都犯了贪赃、舞弊、欺诈和蓄意犯罪这所有的罪过。

贞德：不是这样的。他们和以前烧死伟大人物的法官都是一样的，是些可怜的傻瓜。

查理：对你的判决都被打破了，废除了，不再生效了，变得毫无价值，也没有丝毫的效用了。

贞德：不管怎样，我已经被烧死了。他们能让我复活吗？

查理：就算能，在让你复活这件事情上，他们也会三思而行。不过，他们已经下令，在原来支火刑柱的地方安放一个漂亮的十字架，让你的英名长存，灵魂得救。

贞德：是我的英名和救赎让十字架变得神圣，而不是十字架让我的英名和救赎变得神圣。（她不管他，转身离开）我要比十字架更永垂不朽。就算人们忘了鲁昂在哪里，也会记得我。

查理：看，又犯老毛病了吧！你又自高自大了。我还以为你最后会说一句谢谢，来感谢我为你平反呢。

古雄：（出现在窗边，两个人的中间）你撒谎！

查理：好说，好说。

贞德：哎呀，这不是彼得·古雄吗？你还好吗，彼得？烧死我以后，一切都还顺意吧？

古雄： 并不怎么顺意。我要控诉人间的正义。因为，那不是上帝的正义。

贞德： 还想着正义呢，彼得？看看正义给我带来了什么！你后来怎么样了？死了还是活着啊？

古雄： 死了。受尽了屈辱。我都进了坟墓里，他们还不放过我。他们对着我的尸体宣布，开除我的教籍。他们把它挖出来，扔进阴沟里。

贞德： 反正你的尸体也不会对铲子和阴沟有感觉，而我是被活活烧死的啊。

古雄： 可是他们对我的所作所为也有损公平啊，还破坏了信仰，动摇了教会的根基。当无罪的人在法律的名义下被处死，他们的罪过还要通过诽谤纯良的人来昭雪，那时候就会地动山摇，人神共愤。

贞德： 好了，好了，彼得，我还是希望大家能够记得我，做一个好人，如果你不烧死我，人们也不会这样记住我啊。

古雄： 人们记得我没什么好处，他们会从我身上看到，邪恶战胜了善良，谬误战胜了真理，残暴战胜了仁慈，地狱战胜了天堂。他们想起你，勇气会倍增，想起我，勇气会消失。上帝做证，我是正确的，我是仁慈的，我是忠于我的信仰的——我也只能那么做。

查理：（爬出被子，坐在床边上的国王）算了吧，惹出大麻烦的总是你们这些好人。就拿我来说吧！我既不是好人查理，智者查理，也不是莽夫查理。贞德的崇拜者甚至会喊我胆小鬼查理，因为我没有把她从火堆里救出来。可是我的危害比你们任何人都小。你们这些脑子里都是天堂的人，成天盘算着要来个天翻地覆，而我却一直安于现状。我来问你们，有哪个法国国王干得比我好，做人比我成功吗？

贞德：你真做了法国国王了吗，查理？英国人走了吗？

杜诺瓦：（穿过帷帐走到贞德左边，蜡烛也在这时又亮了起来，把他的盔甲和罩衣照的闪闪发亮）我遵守了我的诺言，把英国人赶了出去。

贞德：谢天谢地！现在法兰西才是天堂的一片净土。杰克，快告诉我你所有打仗的事。是你带的军队吗？你到死都是上帝的战将吗？

杜诺瓦：我没死。我的身体现在正舒舒服服地躺在沙托丹家中的床上睡觉呢，是你召唤来了我的灵魂。

贞德：你还在用我的方法打仗吗，杰克？不是老样子——在赎金上面讨价还价，而是用少女的方法——豁上性命和死亡与敌人一较高下，内心高尚又谦和，没有怨恨，在上帝面前什么也不贪求，只祈求法兰西和法国人的自由。你用的是我的这个方法吗，杰克？

杜诺瓦：说实话，无论什么办法，只要能打胜仗就行。可是能打胜仗的总是你的办法。我真是佩服你，小丫头。我曾经给复审你的新法庭写过一份言辞恳切的信为你平反。或许我不应该让教士们烧死你，可是我那时候正在忙着打仗，而且这又是教会的事情，不归我管。反正就算咱俩都被烧死了也没有什么用，对不对？

古雄：切！只会把所有的过错都推给我们这些教士。我现在先不谈功过，告诉你一句话：来拯救这个世界的，既不是教士也不是士兵，而是上帝和他的圣徒们。人间的教会把这个女人扔进了火堆，可是即使她在烈火中的时候，那白色的火焰也会变成天上教会的神圣光辉。三刻的钟声敲响，传来了一个粗声粗气的男人哼唱即兴小曲的声音。

"大碗美酒端出来，

满桌的腊肉摆出来。

白胡子圣人装正派，

一把揪住他的尾巴摆，

哎哟哟！我的小乖乖！"

一个凶神恶煞的英国士兵从帷帐中出来，大步走到杜诺瓦和贞德中间。

杜诺瓦：这个下流的歌谣是哪个浑蛋诗人教给你的？

士兵：没有什么诗人。是我们行军打仗的时候自己编的。我们又不是什么上流社会的人，也不是什么诗人歌手。可以说，歌谣是从老百姓的心坎里吼出来的：大碗美酒端出来，满桌的腊肉摆出来。白胡子圣人装正派，一把揪住他的尾巴摆，哎哟哟我的小乖乖——没什么意思，可是你也知道，唱着这个歌，行军打仗的时候有劲儿。女士们、先生们，我愿意为你们效劳。你刚才找圣人了？

贞德：你是圣人啊？

士兵：对呀，女士，从地狱里来的圣人。

杜诺瓦：圣人，地狱？

士兵：是呀，尊贵的长官，我今天放假。你知道的，每年都有这么一天。这是因为我做了件好事，给我的奖励。

古雄：可怜的人！你一辈子就只做了这一件好事吗？

士兵：这个我从来没有记在心上——那件事太稀松平常了。可他们却帮我记账上了。

查理：是什么事啊？

士兵：哎呀，这可能是你们听过的最没头没脑的一件事了。我——

贞德：（缓步走到床前，坐到查理旁边，打断他的话）他把两根棍子绑到一起，送给了一个将要被扔进火堆的可怜姑娘。

士兵：对，是谁告诉你的？

贞德：先别管这个。如果你再见到她，你还认识吗？

士兵：记不起来了。有那么多的姑娘，她们都想让你记住，弄得好像世界上就只有她一个人似的。不过这个姑娘肯定是个顶尖儿的人物，就因为她，我每年才能捞着放这一天假。所以，到十二点整为止，我就是圣人，愿为你们效劳，尊贵的先生们，漂亮的女士们。

查理：那十二点以后呢？

士兵：过了十二点，我就只能回到我该待的地方了。

贞德（站起来）回到那个地方！你！给少女十字架的那个人！

士兵：（为自己那个不像军人的行为辩解）是啦，是她自己要的。他们都要把她烧死了，她也和你们一样，有权拥有一个十字架。反正他们都有那么多了。那时候是她的，不是别人的葬礼。所以就算给她个十字架又有什么关系？

贞德：我没有怪罪你。我只是不能忍心看你在地狱里受苦。

士兵：（高兴地）也没受什么大不了的罪，女士。你想啊，更大的罪我都遭过，这个没什么。

查理：什么！有什么比在地狱受的罪更大啊？

士兵：我曾在法国的军队里当过十五年的兵。地狱比那里强多了。

贞德举高双臂，表示对人类的绝望，然后她走到圣母像前寻求慰藉。

士兵：（继续说道）——不管怎么样，那里还挺适合我的。一开始还觉得放假像个下雨的礼拜天似的没意思，现在我倒不是很介意了。他们告诉我，如果我愿意，想放多久的假都行。

查理：地狱的生活什么样啊？

士兵：你不会觉得有什么不好，陛下。那里的生活快活极了，就像喝醉了似的，总是晕晕乎乎的，可是又不会惹麻烦也不用花钱。还有一大帮子了不起的大人物做伴儿：皇帝啊、教皇啊、国王啊——各种各样的上等人。他们总是骂我说，不该给那个姑娘十字架，可是我才不管呢。我把他们痛骂了一顿，然后对他们说："要是那个姑娘连他们都不如，不配有十字架，那她早就该下来陪你们啦！"这句话一下子把他们噎住了，真的一句话也说不出来。可是也拿我没辙，只能在那里气得咬后牙槽，这就是地狱的规矩。我笑着走开，还唱着那个老掉牙的小曲儿："大碗美酒端——"喂！谁在敲门？

所有人都竖起耳朵。长长的、柔和的敲门声传过来。

查理：请进。门开了，一个满头银发、弯腰驼背、脸上挂着慈祥傻笑的老神父走了进来，他匆匆忙忙地向贞德走了过去。

新来的人：打扰了，尊贵的老爷们，女士们。但愿我没有打扰到你们。本人是一个善良无害的英国老神父，以前是温彻斯特红衣大主教的特派随军神父，名为约翰·德·司托干巴，愿为各位效劳。（他仔细打量了众人一会儿）你们刚才在说什么？不好意思，我有点耳背。还有，头脑也不大灵光了。不过呢，好在我管得那个村子不算大，民风也很淳朴。我知足了，知足了，他们很爱戴我，我也得为他们干点好事。我有一个很厉害的亲戚，你们也知道，所以他们也迁就我。

贞德：可怜的老约翰！你怎么变成这样了？

德·司托干巴：我告诉我的教民，做事一定要当心。我对他们说："自己想做的事情，如果能预先看到结果的话，那该多好呀！如果能提前看看，可能就不会那么想了。有时候预先看到的结果会让人吓一大跳——唉，真是吓一大跳。"大家就会说："说得对，神父，我们都知道你是好人，连个苍蝇也不会伤害。"听了这个，我心里会好受很多。因为我不是个生性恶毒的人，这个你们都知道。

士兵：你说你是就是了？

德·司托干巴：罢了，你知道的，我曾经做过一件非常残忍的事情，就是因为我之前不知道什么是残忍。也从来没有亲眼见过，你了解的。那是个大事件，你必须得亲眼看看。看了，你就赎罪了，得救了。

古雄：难道我主基督受的难还不够吗？

德·司托干巴：不，不，不，不是那么回事。我在图片上看过，在书上读过，也被深深地感动过。可是都没有用，赎我罪的不是上帝，而是一个姑娘，一个我眼睁睁看着被烧死的姑娘。那个场面太可怕了，真的，是我见过的最可怕的事情。可是这件事也救了我。从那以后，我就重新做人了，虽然有的时候，我还会在思想上犯点小错误。

古雄：难不成为了拯救你们这些死脑筋的人，每个时代都得出一个受难而死的圣人吗？

贞德：好了，他就算不对我残忍，也会对别人残忍。只要我死得有价值就行，是不是？

德·司托干巴：不是呀，我说的不是你。我眼神不好，看不清你的模样，可是你不是那个姑娘，她已经被烧成渣了——死了，死了。

刽子手：（从床后面的帷幔里走出来，隔着床，来到查理的右边）她活得比你强多了，老家伙。她的心烧不化，也淹不死。我是我们这一行的高手，比巴黎的高手还要厉害，也比图卢兹的高手强，可是我还是不能杀死少女。她还活着，无处不在，生气勃勃。

沃里克伯爵：（从帷幔的另一边冲出来，跑到了贞德的左边）小姐，祝贺你恢复了名誉。我感觉我应该向你道歉。

贞德：唉，不要再提这个事了，就让它过去吧。

沃里克：（高兴地）火刑事件是单纯的政治事件，里面不牵扯任何的个人情感，我向你保证。

贞德：我不怨你，爵爷。

沃里克：那就好。多谢你大人不计小人过，如此好的教养，真是难能可贵。可是我必须要向你再次诚挚地道歉。事实证明，这些政治需要有时候会变成政治错误，而这次的事更是大错特错。虽然我们把你推上了火堆，可是你的精神却打败了我们。历史会因为你而记住我，虽然涉及的部分会有点不光彩。

贞德：唉，或许有那么一点儿吧，你这个人还有点意思。

沃里克：但是，现在人们都尊称你为圣女，这里也有我的一份功劳，就像这位时来运转的国王能够加冕，也应该感激你。

贞德：（转过身去）我不感激任何人，我所有的一切都归功于上帝赐予我的灵感。可是，想不到，我竟然成了圣女！如果一个村姑被摆在圣凯瑟琳和圣玛格丽特身边，她们会怎么想啊！

一个文书模样的绅士突然出现在右边的墙角，他身穿黑色双排扣长礼服、黑色裤子，头戴高帽，一副一九二零年的时装打扮。在场所有的人都看着他，紧接着，都忍不住一下子笑出来。

绅士：为何发笑啊，先生们？

沃里克：祝贺你创造了一种最特立独行的滑稽打扮。

绅士：我听不明白你说什么。你们都穿着戏服，我穿的衣服才是正常的。

杜诺瓦：除了我们身上的皮肤外，所有的外衣都是戏服，不是吗？

绅士：我再说一遍，我来这里有很重要的公务要办，不是来和你们讨论这个毫无意义的问题。（他拿出一份文件，拿出一副公事公办的生硬强调）我奉命前来宣布："贞德，即之前的少女。应奥尔良主教之要求——"

贞德：（打岔道）啊！他们在奥尔良还没忘了我呢。

绅士：（加重语气，以示对贞德无礼行为的不满）——应奥尔良主教之要求，现对其追授圣女称号之申请进行审查——

贞德：（又一次插嘴）可是我从来没有提什么要求啊。

绅士：（又一次加重语气）——教会现已履行完所有常规程序，经过审查，并批准赐予她"可敬"和"天佑"两个神级之后——

贞德：（笑嘻嘻地）我——"可敬"？

绅士：——现进行最后宣告：该女既有英雄之气概，又享上帝之天启，特赐该女天佑之贞德及圣女之贞德称号，且得进天国，永享供奉。

贞德：（喜不自胜）圣女贞德！

绅士：又因五月三十日为此上帝爱女忌日，特规定，所有天主教教堂每年此日应设特别礼拜仪式，以示缅怀。并准许为其特设教堂，祭坛之上可安放此女雕像。凡天主教徒向其跪拜、祈祷，应由其转奏上帝御座，以此认同其功绩，赞扬其精神。

贞德：哎呀，这可使不得。下跪是圣女的事情。（她跪倒在地

上，脸上还是笑嘻嘻的）

绅士：（把文件收好，退到了刽子手旁边）一九二零年五月十六日，颁于梵蒂冈教廷。

杜诺瓦：（扶起贞德）亲爱的圣女，烧死你花了一个半时辰，给你讨回公道却用了四个世纪。

德·司托干巴：先生，我曾是温彻斯特红衣大主教特派的随军神父——别人有的时候也叫他英国红衣主教。如果能将圣女美丽的神像也安放一座在温彻斯特大教堂的话，我和我的主人会感到莫大的欣慰。请问，可以吗？

绅士：由于该教堂现在正在英国邪教手中，所以我无可奉告。

温彻斯特大教堂中雕像的影像出现在窗户上。

德·司托干巴：噢，看啊！看啊！温彻斯特大教堂。

贞德：那个是我的雕像，是吗？我以前就站得笔直。（影像消失）

绅士：我受法国当局请求提醒你：在公共场所，圣女的雕像成倍增加，已对交通形成妨碍。我之所以这么说，也是出于对当局的尊重和礼貌。可是我必须要代表教会说句话：与其他少女的马相比，圣女的坐骑并不会对交通构成更大的阻碍。

贞德：嗯！他们连我的马都还记着呢，这一点我非常高兴。（兰斯大教堂前雕像的影响出现了）

贞德：那个可笑的小玩意儿也是我吗？

查理：这个是你给我行加冕礼的兰斯大教堂。那个肯定是你啊。

贞德：谁把我的剑弄断了？我的剑从没断过啊。那是法兰西之剑。

杜诺瓦：别去理会那个。剑能被修好。你的灵魂是完整的，你就是法兰西之魂。

教堂影像淡去了。大主教和宗教法官分别出现在古雄的左右两边。

贞德：虽然我的这把剑没有挥过一下，可是它还是会取得胜利。我的身体虽然被消灭了，可是灵魂却见到了上帝。

古雄：（向她跪下）田间地头的女孩赞颂你，因为你让她们抬起了双眼，她们看到天堂就近在咫尺。

杜诺瓦：（向她跪下）濒死的士兵赞颂你，因为你是使他们免受报应的荣耀盾牌。

大主教：（向她跪下）教会的领袖们赞颂你，因为你用自己的生命把他们被急功近利所亵渎的信仰拯救了出来。

沃里克：（向她跪下）奸诈狡猾的大臣们赞颂你，因为你把束缚他们灵魂的绳索，快刀斩乱麻地给劈开了。

德·司托干巴：（向她跪下）愚钝的老顽固们赞颂你，因为他们对你犯下的罪过已经变成了祝福。

宗教法官：（向她跪下）被法律奴役和蒙蔽了双眼的法官们赞颂你，因为你捍卫了世间人的清白和自由。

士兵：（向她跪下）地狱的坏人们赞颂你，因为你让他们看到永远不会被扑灭的是圣火。

刽子手：（向她跪下）酷刑吏和刽子手赞颂你，因为你让他们看到，他们这双手从未伤害过无辜的灵魂。

查理：（向她跪下）胸无大志的人们赞颂你，因为你替他们扛起了他们担负不起的英雄事业。

贞德： 真糟糕，所有人都赞颂我！可是我恳请你们记住，我是一个圣女，一个能创造奇迹的圣女。那你们现在告诉我：我能死而复生吗，我能变成一个活蹦乱跳的女人回到你们中间吗？

突如其来的黑暗笼罩了整个屋子，所有人都惊慌失措地跳起来。这时只能看见床铺和影子的轮廓。

贞德： 什么！我是不是还得再上一次火堆啊？难道谁也不想让我复活吗？

古雄： 异端分子还是死了的好。世俗的眼睛分不出来谁是圣女谁是异端。还是放过他们吧。（他沿着来时的路出去了）

杜诺瓦： 原谅我们吧，贞德，我们没有你那样的福分。我还是回去睡觉吧。（他也走了）

沃里克： 我们对于自己的小小过失表示诚挚的抱歉，可是那是政治需要，难免有错，但这种政治需要仍然不可避免，所以如果你宅心仁厚能够原谅我——（他小心翼翼地偷偷走掉了）

大主教： 你的复活并不能让我成为你想要的那种人。我最多可以说，虽然我不能为你祝福，可是我希望我有一天可以进到你的极乐世界去。还有，就目前情况来看——（他走了）

宗教法官： 我已经是一个死人了，生前也曾经为你做过无罪辩

护。可是就现在的情况看来，我还找不出任何可以撤销宗教裁判所的理由。所以——（他走了）

德·司托干巴：噢，你还是别回来了，你不能回来。我得安安静静地离开。主啊，在我有生之年让我过点安稳日子吧！（他走了）

绅士：在最近办理的追授程序中，并没有涉及你的复活问题。我必须回罗马等待最新的指使。（他弯腰行礼，退下去）

刽子手：作为我们这一行的高手，我必须要考虑这行当的利益问题。还有，毕竟我的首要责任是养活老婆孩子，我得花时间好好想想这个问题。（他走了）

查理：可怜的贞德！他们都一个个离你而去了，只有这个兵痞还在这儿，可是一到十二点，他也得回地狱去。我能做什么呢？我只能和杰克·杜诺瓦一样，上床睡我的觉。（他上床睡了）

贞德：（伤心地）晚安，查理。

查理：（在枕头上咕哝着）晚安。（他睡着了。黑暗笼罩了床铺）

贞德：（对士兵说）你，是我唯一能信赖的人了？你怎么来安慰你的圣女贞德呢？

士兵：哎呀，国王、将军、主教、法官等这群家伙算什么啊？他们能看你在战壕里流血牺牲，却弃你于不顾。还有，你看他们现在神气活现，趾高气扬，可总有一天还得到下面陪我。我还想说，不管你怎么想，你一点也不比他们低贱——说不定还比他们强呢。（越说越来劲，准备来个长篇大论）你想啊，事情是这样的。如

果——（午夜头声钟响从远处缓缓地传来）对不起，我有急事——（蹑手蹑脚地走掉了）

最后一束残留的光聚集成刺眼的白光，照到贞德身上。整点的钟声不断传来。

贞德： 啊，创造这美丽世界的上帝啊，要多久才能容下我这个圣徒呢？要多久呢，主啊，还要多久啊？

华伦夫人的职业

Mrs Warren's Profession

第一场

夏日午后，萨里郡，一座村舍花园坐落在黑斯尔米尔地区南边小山的东坡上。从山下望上去，只见村舍偏落在花园左侧一隅，屋顶和门廊都用茅草覆盖，门廊左边有一个超大的格子窗。整个花园都用栅栏围起来，只在右边留了一个门。栅栏外面有片空地顺着山坡直上到山顶。几把折叠的帆布花园椅靠在门廊里侧的长凳上。窗户下倚放着一辆女式自行车。门廊稍往右点儿，一个吊床挂在两根柱子上。一把大大的帆布伞支在园子中，遮住太阳不让阳光晒到吊床。吊床上一个年轻女人，头冲屋子，脚冲门口，正在边看书边做笔记。在吊床前边，她手够得到的地方，放着一把厨房椅，上面摞着一堆貌似很高深的书和一沓稿纸。

一个男人走过空地从村舍后面走了出来。他顶多中年，有点艺术家气质，衣着细致而又不落俗套，脸上刮得干干净净只在嘴唇上留着一小撮胡子，态度诚恳和蔼，举止体贴可亲。光亮的黑发中夹杂着几缕灰白的发丝。眉毛是白的，头发却是又黑又亮。不过好像有点儿不大认路，从栅栏上头往花园里看，仔细打量这个地方，看到了那个年轻女人。

男客人：（摘下帽子）请原谅，请问欣德黑德的艾莉森太太家怎么走啊？

年轻女人：（视线从书上抬起来）这就是艾莉森太太的家。（说完又低头看书写字）

男客人：哦！那么——我请问一下，您是不是维维·华伦小姐呢？

年轻女人：（支起胳膊，仔细打量这个男人，态度直截了当，毫不客气）是。

男客人：（有点气馁，却又赶紧缓和气氛）恕我冒昧，我的名字是普雷德。（维维马上把书往椅子上一扔，跳下吊床）哦，可千万别让我打搅到你。

维维：（大步走向门口，给他打开栅栏门）请进，普雷德先生。（普雷德走进花园）欢迎。（她伸出手，给了他一个热情有力的握手）她是一个典型的受过高等教育的中产阶级英国女人，相貌出众，聪明能干。年纪二十二岁，聪敏坚定，自信沉着。衣着简单普通却又规规矩矩，可并不过时。她的腰带上还系着一条腰链，上面挂着钢笔、裁纸刀等一些零碎东西）

普雷德：非常感谢你，华伦小姐。（她砰的一声把栅栏门使劲关上。他走到花园当中，活动活动刚被维维握得有点发麻的手指）你母亲来了吗？

维维：（马上感觉到有威胁，急忙问）她要来？

普雷德：（吃惊地）你难道不知道我们要来吗？

维维：不知道。

普雷德：天哪，那是不是我记错日子了。你知道的，我经常忘东忘西。你母亲准备从伦敦来乡下，让我从霍姆舍到这儿来与你会面。

维维：（非常不高兴）是吗？哼！我母亲就爱搞突然袭击这一招——我猜她是想知道，她不在的时候我自己是怎么过的。如果是有和我有关的事，而她又不和我提前商量就自作主张的话，早晚有一天我也会给她来个出其不意。不过她还没来。

普雷德：（尴尬）实在是抱歉。

维维：（放下不满的情绪）普雷德先生，这不是你的错，不是吗？并且我很高兴你能来。你是我母亲朋友中，唯一一个我让她带来见我的人。

普雷德：（松了口气，高兴起来）哦，华伦小姐，你真是太好了。

维维：要进屋里来，还是要坐在院子里说话？

普雷德：我觉得外面就挺好，你说呢？

维维：那我去给你搬把椅子来吧。（去门廊搬花园椅）

普雷德：（跟在身后）哦，不用，不用！让我来。（双手按在椅子上）

维维：（让他自己搬）小心手指头；那几把椅子可不容易对付。（走到放书的椅子旁，把书扔到吊床上；一甩手把椅子提了过来）

普雷德：（刚把花园椅打开）哎呀，让我坐郏把硬椅子吧，我喜欢硬椅子。

维维：我也是。请坐，普雷德先生。（她用亲切而又不失命令的语气邀请他坐下。他的殷勤讨好正是说明了他性情软弱，这就是他的性格弱点。但他并没有马上顺从地坐下）

普雷德：我说，我们去车站接你母亲，好不好？

维维：（口气冰冷）为什么要去？她自己认路。

普雷德：（慌乱地）呃——我也这么觉得。坐下）

维维：你知道吗？你和我想的一样。我也希望你愿意和我做朋友。

普雷德：（又高兴起来）谢谢你，亲爱的华伦小姐，谢谢。天啊！我真高兴你母亲没有教坏你！

维维：什么叫教坏？

普雷德：啊，就是没有把你教得太拘谨、太守旧。亲爱的华伦小姐，你要知道，我生来就是个无政府主义者。我痛恨权威。权威会破坏骨肉亲情，甚至会破坏母女之间的感情。以前，我总是担心你母亲会过分使用她的权威把你管得古板守旧。现在我知道她没有这么做，我就放心了。

维维：啊！我有什么放荡不羁的举动吗？

普雷德：哦，没有，亲爱的，没有。你明白的，至少，不是传统的那种放荡不羁。（她点点头，坐下。他继续兴致勃勃，滔滔不绝地说着）但是，你说你要和我交朋友，这真是太好了！你们这些现代女性太了不起了，简直就是伟大！

维维：（怀疑）啊？（观察他的智商和性格，稍有失望）

普雷德：我在你这么大的时候，年轻男女都互相害怕，关系很差，没有真正的友谊。只有从小说里学来的极其庸俗虚伪的阿谀奉承。女人沉默！男人殷勤！心里想是，口里说非！让脸皮薄的老实人吃足了苦。

维维：是呀，我觉得这就是在白白糟蹋时间——尤其是糟蹋女人的时间。

普雷德：哦，在浪费生命，在糟蹋一切东西。可是情况现在正在变好。你知不知道，自从得知你在剑桥大学取得那样优异的成绩后——这种事情我以前可是闻所未闻——我一直渴望与你见面。你考了甲等第三名，真是太了不起了。可以说是恰到好处。甲等第一名总是一些成天心不在焉、头脑不正常的家伙，事情到他们那里总是会出问题。

维维：这件事做得真不值。就那么几个钱，再也没有下回了。

普雷德： （吓得目瞪口呆）那么几个钱？

维维： 是呀。五十英镑。可能你不知道究竟怎么回事。我在纽纳姆女子学院的导师莱瑟姆夫人对我母亲说，要是我能认真参加数学考试的话，一定能出人头地。报纸上当时全是菲利帕·萨默斯成绩超过甲等第一名考生的新闻。不用我说，你肯定还记得。

普雷德： （赶紧使劲摇头）！！！

维维： 不管怎么样，她的成绩确实非常好。我母亲觉得我也应该像她一样出色，这样她才高兴。我直接告诉她说，我没打算当教书先生，也不想浪费这个精力。可是如果有人给我五十英镑，我倒可以试试考个第四名或第五名回来。她抱怨了几句就同意了。没想到我的成绩出乎意料的好。可是我不会为了五十英镑再干这事了。二百英镑还差不多。

普雷德： （大失所望）天啊！这个想法真是非常实际。

维维： 难道你认为我是个不切实际的人吗？

普雷德： 可实际上是，你不仅要考虑你在这些荣誉上头耗费的功夫，也要想想它们所带给你的文化修养。

维维： 文化修养！亲爱的普雷德先生，你知道数学测验是怎么回事吗？就是死记硬背，埋头苦读，每天什么也不做，要学六到八个小时的数学。我会给工程师、电气工程师、保险公司什么的算算数儿，可是除此之外，我对工程、电学、保险几乎一窍不通。我甚至连加减乘除都不在行。除了数学、网球、吃饭、睡觉、骑车、散步，我就是一个愚昧无知的野蛮人，甚至比从没有考过数学的女人还要无知。

普雷德：（面露嫌恶）真是一个荒谬、邪恶、荒唐的制度！这我早就知道！我现在真觉得，它这是要把女性的所有美好品质都毁掉。

维维：我反对这个制度根本不是因为这些。我要说，以后我还要好好利用它呢。

普雷德：呸！怎么利用？

维维：将来我要去伦敦的事务所里做事，可以干点儿保险统计或产权转移的活儿。借着这个机会，我能学点法律方面的东西，还能一直关注证券交易那边的情况。我一个人在这里就是在读法律，我母亲还以为我是在这里度假呢。其实我最讨厌度假了。

普雷德：听你这么说我心都凉了，难道你的生活里就没有什么浪漫或美好的东西吗？

维维：我可以这么说，这两样我一点也不稀罕。

普雷德：不见得吧！

维维：哎呀，是呀，我就是这样。我喜欢工作，喜欢得到工作的报酬。工作累了，我会坐在舒服的椅子上，抽支雪茄，喝点威士忌，看本好看的侦探小说。

普雷德：（头脑里原有的观点被彻底推翻，激动之下站了起来）我不相信。我是个艺术家，我不相信这是真的。你这么说只不过是你还没发现艺术可以给你开辟的一个多么美好的世界罢了。

维维：是呀，我是还没发现。去年五月，我和霍诺莉亚·弗雷泽在伦敦一起待了六个礼拜。母亲以为我们是在四处观光，其实我每天都在法院小巷霍诺莉亚的律师事务所里，给她干一些保险统计的工作，像新手一样帮她做这做那。晚上，我们就一起抽烟聊天，除了运动从不出门。我从来没活得那么自在过。我用赚的钱付清了一切开销，并且毫不费力地进入到了这个行业中。

普雷德：哎哟，我的天哪。华伦小姐，你这就算是发现了艺术？

维维：别急呀。我这还没开始呢。一次我应菲茨章大街几个艺术家朋友之邀去伦敦，其中的一个女孩是我在纽纳姆时的好朋友。他们带我去了（英国伦敦）国家美术馆——

普雷德：（点头赞成）啊！！（坐下，如释重负）

维维：（继续说着）——去了歌剧院——

普雷德：（越发满意）不错！

维维：——还去了音乐会，那里整晚都在演奏贝多芬和瓦格纳等人的作品。可是无论你拿什么和我交换，我也不想再经历第二回了。我是出于礼貌才勉强坚持到第三天，然后告诉他们，我再也受不了了，之后就跑回了法院小巷。现在你知道我是个多么了不起的时髦女人了吧。那你说我能和我那母亲合得来吗？

普雷德：（吃惊）啊，我希望——呃——

维维：你的希望我不想知道，我倒是想听听你的意见。

普雷德：哦，坦白地说，我担心你母亲会有点儿失望。并不是说你有什么缺点，你知道我没有这个意思，只是你和她的理想有点儿距离。

维维：她的什么？

普雷德：她的理想。

维维：你是说她理想中的我？

普雷德：嗯。

维维：那她理想中的我到底是什么样子？

普雷德：好吧，华伦小姐，你应该看得出来，那些对自己的学识不满意的人，大都认为要是别人的学识和自己不同，那世界就可以好起来了。现在你母亲的生活已经——呃——我想你知道的——

维维：不要猜测任何事情，普雷德先生。我几乎不了解我母亲，我从小就住在英国，上学也在这里，要不就是和花钱雇来照管我的人待在一起。直到现在我都在寄宿。而我的母亲住在布鲁塞尔或维也纳，也从来没有让我去过她那儿。我只有在她来英国这几天的时候才能看见她。我并不抱怨什么，自己日子过得不错，人们也对我很好，而且钱总是绰绰有余。可是你不要以为我有多了解我母亲，我远没有你知道得多。

普雷德：（非常忐忑不安）那么说——（停住，不知所措，然后强装欢笑）咱们说的都毫无意义！你和你母亲肯定会相处得非常融洽。（站起身来，看着外面的景色）你们这个小地方真漂亮！

维维：（无动于衷）你的话题换得也太快了，普雷德先生。我们为什么不能聊我母亲的过去？

普雷德：哦，你别这么说。只是我不能跟好朋友的女儿背着她说她的闲话，这不是很自然的事情吗？等她来了，你们聊这件事的机会多得是呢。

维维：不会的，她也不愿意多说这件事。（站起来）不管怎么样，你也不愿说肯定有原因。你只要记着这句话，普雷德先生，我想母亲要是知道了我在法院小巷的事情，她免不了又要和我大闹一场。

普雷德：（懊恼）我担心的就是这个。

维维：这次我一定要赢，只要我有一笔去伦敦的钱，隔天我就会去霍诺莉亚那里干活赚钱养活自己。再说，我已经没有什么需要隐瞒的事情了，可是我母亲好像有什么事瞒着我。如果有必要的话，我可以用这个反将她一下子。

普雷德：（大惊失色）啊，不要，可使不得。你千万不要那么做。

维维：要不你就告诉我原因。

普雷德：我真的不能说。我求你行行好。（她看他说得可怜，笑起来）再说，你不要太鲁莽了，你母亲要是发起火来不是那么好惹的。

维维：你吓不住我，普雷德先生。在法院小巷的那一个月里，我有幸和一两个我母亲那样的女人较量过。你可以放心，我保准会赢。可如果我因为不知情，做了什么过头的举动，你记住了，就是因为你不告诉我实情的结果。好了，咱不说这事儿了。（她像刚才一样，使劲一提椅子，把它搬到吊床旁边）

普雷德：（把心一横）华伦小姐，我再说一句。我最好是告诉你，实在是说不出口，可是——

华伦夫人和乔治·克罗夫茨爵士到了门口。华伦夫人大约四五十岁，以前应该很漂亮，戴了一顶装扮得光彩夺目的帽子，穿了一件色彩鲜艳的合身罩衫，连袖子都非常时髦。看上去有点骄纵张扬，而且非常俗气，可是总的说来人很随和也很体面，是个拿的出手的资深女流氓。

克罗夫茨是个身板儿结实的大高个儿，五十岁左右，穿着时髦像个小伙子。说起话来有鼻音，不像是大个子的嗓门儿。脸上刮得很干净，阔口大耳，脖子很粗。实际上是城市商人、运动家和花花公子中最粗鄙的典型。

维维：他们来了。（说着迎了上去，这时他俩走进花园）你好吗，母亲？普雷德先生已经在这儿等了你半个小时了。

华伦夫人：是吗，普雷迪，要是你在这里已经等了我半个钟头，就得怪你自己了。我以为你该有这个头脑，想到我坐下午三点十分的火车来。维维，把帽子戴上，亲爱的，可别让太阳晒着你。啊，我忘记给你们介绍了。这是乔治·克罗夫茨爵士——这是我的小维维。（克罗夫茨恭恭敬敬地走到维维跟前。她点点头，却没有要和他握手的意思）

克罗夫茨：这位小姐是我老朋友的爱女，久闻大名，不知我是否有这个荣幸与你握个手呢？

维维：（毫不客气地上下打量着他）随你便。（她握住那只热情的手，使劲一捏，疼得他一下子睁圆了眼。她然后转身问母亲）

你们是进屋子还是要我再搬两把椅子过来？（她去门廊搬椅子）

    华伦夫人：乔治，你觉得我女儿怎么样？

    克罗夫茨：（愁眉苦脸）她手腕劲儿真大。普雷德，你和她握手了吗？

    普雷德：握过，一会儿就不疼了。

    克罗夫茨：但愿如此。（维维搬了两把椅子过来，他赶紧过去帮忙）我来，我来。

    华伦夫人：（神气十足）亲爱的宝贝，让乔治爵士帮你吧！

    维维：（把椅子往他怀里一塞）给你，（拍了拍手，转向华伦夫人）你喝不喝茶？

    华伦夫人：（坐在普雷德的椅子上，摇着扇子）我都快渴死了。

    维维：那我去弄点儿。（进了屋子）

    直到这时，乔治爵士才把椅子弄开，把它放在了华伦夫人的左边。然后把另外一把椅子扔在草地上，才一脸挫败地坐下，嘴里还咬着手杖的把儿，看上去傻里傻气的。普雷德还是心神不宁，在他们的右边走来走去。

    华伦夫人：（看着克罗夫茨，对普雷德说）你瞧他，普雷迪，是不是挺高兴的？三年了，他一直缠着我，让我带他来见我的小女儿。现在我带他来了吧，他却扭捏起来。（干脆地）乔治，坐好！把手杖从嘴里拿出来！（克罗夫茨不情愿地照做）

    普雷德：我想，要是你不介意的话——你是知道的——咱们最好再不要理所当然地把她当成小孩子看。她现在已经很了不起了，虽然我不能肯定，但据我观察，我不敢说她不如我们老练。

华伦夫人：（觉得很好笑）听听他说的，乔治！比我们老练！哈！她一定是用些自卖自夸的话把你给镇住了。

普雷德：可是年轻人对别人把他们当小孩子看待这件事非常敏感。

华伦夫人：嗯，这些年轻人真该好好管教。你就别管了，普雷迪，我自己的孩子我知道该怎么管教。（普雷德心事重重地摇了摇头，背着手向花园走去。华伦夫人假装好笑，眼神却追随着他，脸上露出担忧的神情。然后轻声问克罗夫茨）他是怎么了？为什么那副表情？

克罗夫茨：（不高兴）你害怕普雷德。

华伦夫人：什么？我怕他！就那个讨人厌的家伙！为什么要怕他，就是只苍蝇也不会怕他。

克罗夫茨：你是怕他。

华伦夫人：（生气）劳驾你还是自己管好自己吧，少在我面前耍你的臭脾气。我可不怕你，要是想找不痛快的话，你还是回家吧。（她站起来，把后背转向他，不料却和普雷德弄了个面对面）喂，普雷迪，我知道你是一片好心，是在担心我欺负她。

普雷德：亲爱的凯蒂，你觉得我生气了吗？别那么想，没有的事。但是你知道，虽然你从不听我的话，可我总能察觉出你疏忽了什么，有时事后你也承认自己悔不当初。

华伦夫人：说吧，你现在又察觉到什么了？

普雷德：没有别的，我只是觉得维维已经是个成年人了。凯蒂，请你给她多些尊重。

华伦夫人：（大吃一惊）尊重！尊重我自己的女儿！天啊，你还想让我干什么？

维维：（站在屋子的门口朝华伦夫人喊道）妈妈，喝茶之前要来我屋里坐会儿吗？

华伦夫人：好的，我的宝贝儿。（她看着普雷德满脸严肃的样子大声笑起来，同时向门廊走过去，经过普雷德的时候还拍了拍他的脸颊）别生气，普雷迪。（她跟着维维进了屋子）

克罗夫茨：（偷偷地）普雷德，听我说。

普雷德：说吧。

克罗夫茨：我想问你一个比较特别的问题。

普雷德：当然可以，问吧。（他拿过来华伦夫人的椅子，在克罗夫茨旁边坐下）

克罗夫茨：好吧，也许她们会从窗户听到我们谈话。可是听我说，凯蒂是否和你提过这个孩子的父亲是谁？

普雷德：从来没有。

克罗夫茨：那你也从没猜测过可能是谁？

普雷德：也没有。

克罗夫茨：（不相信）我当然也清楚，就算她告诉你什么事情，你也不会说的。可是我们以后要和这孩子天天见面，如果连她父亲是谁都不能确定的话，也太别扭了吧。咱们都不知道该如何和她相处了。

普雷德：那又怎样？我们该怎么对她就怎么对她，与她父亲是谁没有关系。

克罗夫茨：（心生怀疑）这么说你知道她父亲是谁？

普雷德：（有点生气）我刚才说了不知道。你没有听到吗？

克罗夫茨：听我说，普雷德。我恳请你，如果你知道的话（普雷德正要开口反驳）——我只是说，如果，你要告诉我好让我对她放心。不瞒你说，我陷进去了。

普雷德：（正颜厉色）你说什么？

克罗夫茨：喂，别大惊小怪的，我没有别的意思。我自己也不知道是怎么了。咳，就我所知——我——可能是她的父亲。

普雷德：你？不可能！

克罗夫茨：（趁势追问）你为什么肯定不是我？

普雷德：跟你说吧，我知道的也不比你多。可是说真的，克罗夫茨——哦，不，绝没有这种可能。她和你一点儿也不像。

克罗夫茨：照这么说的话，我看她和她妈妈也不像呢。我想她也不是你女儿吧？

普雷德：（气地站起来）你在说什么，克罗夫茨——

克罗夫茨：不要见怪，普雷德。两个讲道理的男人谈谈这个没什么关系的。

普雷德：（尽力恢复平静，语重心长地说）听我说，亲爱的克罗夫茨。（他又坐下）我和华伦夫人那方面的生活没有任何关系，我当然也从来不提。你该知道一个漂亮的女人也需要有朋友，这些朋友不是——不是那些裙下之臣。要是她跟谁都是那种关系的话，那她的美貌不就成了一种折磨了吗？或许和我比起来，你更是凯蒂的知交好友，这件事你可以自己亲口问她。

克罗夫茨：我已经问过很多次了。可是她下定决心不让别人打听孩子的事情，要是可以的话，她甚至能说孩子根本没有父亲。（站起来）普雷德，为了这件事，我心里很不安。

普雷德：（也站起来）算了，反正你的年纪也足够当她的父亲了，不如我们都把维维小姐当成女儿一样看待，把她当作我们应该保护和帮助的一个小女孩。你说呢？

克罗夫茨：（咄咄逼人）说到年纪，我不见得比你老。

普雷德：对，你是比我年轻，老弟，你生下来就是个老头儿，我生下来是个小孩儿，一直没有成年人的自信。（他把椅子收起来搬到门廊里）

华伦夫人：（在屋子里喊）普雷——迪！乔治！喝茶——茶——茶！

克罗夫茨：（急忙）她在喊我们。（他慌忙进屋里）

普雷德觉得事情不妙，摇了摇头。正当他要跟着克罗夫茨进屋的时候，一位年轻绅士出现在门外的空地，和他大声打着招呼。那少年向着栅栏门走过来。他长得俊俏，很讨人喜欢，穿着也非常讲究，年纪不过二十，是个金玉其外，败絮其中的富家子。虽然不大有礼貌但是声音好听，倒不讨人厌，手里拿着一支轻型连发运动步枪。

年轻绅士：喂！普雷德！

普雷德：哎呀，是弗兰克·加德纳呀！（弗兰克走进院子，和他热情地握手）你在这里干什么？

弗兰克：和我父亲一起住在这儿。

普雷德：是那位神父？

弗兰克：他是这个教区的牧师，为了省钱，这个秋天我要和家人住在这里。去年七月以来，我就遇到了麻烦，这位神父替我还了债，结果他破产了，我也破产了。你在这里干吗呢？你认识这里的主人？

普雷德：认识，我今天来看华伦小姐。

弗兰克：（兴奋不已）什么！你认识维维？她不就是那位有趣的姑娘吗？我正在用这把枪教她学射击呢。（把枪放下）她认识你，我太高兴了。她是应认识你这样的人。（他笑了一笑，然后用那几乎和歌剧调子一样高的好听嗓音说）在这儿碰到你真是太好了，普雷德。

普雷德：我是她母亲的好朋友。华伦夫人带我过来认识下她女儿。

弗兰克：她母亲！也在这儿？

普雷德：是呀，在里面喝茶呢。

华伦夫人：（在屋子里喊）普雷——迪——！茶点饼要凉了。

普雷德：（高声回答）好的，华伦夫人。马上来。我刚在这儿碰见个熟人。

华伦夫人：碰见谁？

普雷德：（用更大的声音）一个朋友。

华伦夫人：让他进来。

普雷德：好的。（对弗兰克）你接受这个邀请吗？

弗兰克：（不敢相信却又觉得很有趣）刚才是维维的母亲？

普雷德：是呀。

弗兰克：天呀！太有意思了！你说她会喜欢我吗？

普雷德：保准还和以前一样，你就是个万人迷。进来试试吧。

（说着向屋子走去）

弗兰克：等一下。（严肃地）我要告诉你我的一个秘密。

普雷德：得了吧。不就是什么雷德希尔女招待那样无聊的事吗？

弗兰克：要比那个事情重要得多。你说你这是第一次见维维吗？

普雷德：是呀！

弗兰克：（欣喜若狂）那么说你并不了解她是个什么样的女孩儿。她那种性格！那种见识！还有她的聪明才智！哎呀，我亲爱的普雷德，我只能告诉你她太聪明了！还有——不用我说——她是爱我的。

克罗夫茨：（把头探出窗户）我说，普雷德，你在干什么呢？还不进来。（把头缩回去）

弗兰克：哎哟！这家伙是谁？他要是参加赛狗会准能拿奖，你说呢？

普雷德：乔治·克罗夫茨爵士，华伦夫人的老朋友。我觉得我们还是进去吧。

他们朝门廊走去，这时大门那里又有人喊了一声。他们转过身，看见一位年纪很大的牧师正在从大门那儿往里张望。

牧师：（大声喊）弗兰克！

弗兰克：哦！（对普雷德）是神父。（朝向牧师）在这儿呢，老爷子，好了，就来。（对普雷德）喂，普雷德，你还是先进去喝茶吧。我马上就来。

普雷德：当然。（他走进屋子）

牧师还站在门外，手搭在栅栏门上。塞缪尔·加德纳牧师是一位领圣俸的国教教士，现在已年过五旬。从表面看来，他浮夸虚荣，自高自大，聒噪十足。实际上，他是个已经没落的小人物。小时候傻里傻气，被父亲塞给了教会。因为他父亲是个施主，教会只好收留他。虽然架子十足，可是儿子和教徒都瞧不起他。

塞缪尔牧师：我能问一下吗，先生，这里的人是你什么朋友啊？

弗兰克：喂，没关系的，老爷子！进来。

塞缪尔牧师：不，你要是不告诉我这是谁的花园，我就不进去。

弗兰克：好吧，这是华伦小姐的花园。

塞缪尔牧师：她来这儿后我还没见过她去教堂呢。

弗兰克：你当然没见过了，她是一个在剑桥考甲等第三名的学生。她那么聪明，学历又比你高，为什么要去听你布道？

塞缪尔牧师：别这么没规矩，先生。

弗兰克：哎呀，不用那么讲究，没人听我们说话。进来吧。（他打开门，连门带人地把他父亲拉了进来）我向她介绍你。老爷子，还记不记得去年七月，你劝我时说的那些话。

塞缪尔牧师：（严肃地）记得。我让你改掉无所事事、玩世不恭的毛病，赶紧找个正经营生养活自己，别再让我养你。

弗兰克：不是这些。这是你后面说的话。你当时实际上说的是，我没脑又没钱，不如用我这副好皮囊娶个有钱又聪明的老婆。喂，你看，华伦小姐很聪明，这个你得承认吧。

塞缪尔牧师：可是好脑瓜并不代表一切啊。

弗兰克：当然不代表一切，可她还有钱——

塞缪尔牧师：（厉声打断他的话）我说的不是钱，我要说的是更高尚的东西，比如说社会地位。

弗兰克：那个我可不在乎。

塞缪尔牧师：可是我在乎。

弗兰克：可是没有人让你和她结婚啊。不管怎么说，她已经算是拿到剑桥的高等学位了，而且看起来钱也够花。

塞缪尔牧师：（消了气，有点开玩笑地说）但是我可不敢肯定她的钱是不是能够你花。

弗兰克：哦，别这样，老爷子。我可不是那种花钱大手大脚的人，一向安分守己地过日子。我不喝酒，不赌博，从来不去你年轻时花天酒地的地方。

塞缪尔牧师：（虚张声势）小声点儿。

弗兰克：怎么了？那次我被雷德希尔的女招待迷得神魂颠倒的时候，是你自己亲口告诉我，为了把给一个女人写的信要回来，你给了她五十英镑——

塞缪尔牧师：（惊恐万分）嘘——嘘——嘘，弗兰克，我的天啊！（小心翼翼地四处张望，看到周围没人，才又壮着胆子，虚张声势起来，可是态度比刚才收敛了很多）我那时候是相信你，为了不让你走我的老路，才把那些不光彩的事说给你听。你应该把这件事情当作前车之鉴，而不是拿它来当护身符。

弗兰克：你难道没有听过威灵顿公爵以及他的情书的事吗？

塞缪尔牧师：没听过，也不想听。

弗兰克：那位强势的老公爵不像你一样白白扔掉五十英镑。他只是在信里面说："亲爱的詹尼，要是公开信的内容的话，你就倒霉了！你亲爱的朋友，威灵顿。"那时候你也该这么办。

塞缪尔牧师：（可怜兮兮）弗兰克，我的孩子，当初我写那些信的时候，我就落入了那个女人的手心，现在我把这件事告诉你，把柄又落入了你的手里。那个女人不要我的钱，她只是说了两句让我至今难忘的话"知识就是权力"，她还说"我永远不出卖权力"。可是到现在都二十多年了，她也没有使用她的权力给我造成一丁点儿的困扰。你还不如她对我好呢，弗兰克。

弗兰克：也许的确是这样。可是你当初对她也像你对我这样成天唠唠叨叨吗？

塞缪尔牧师：（气得几乎要哭出来）我不管你了。你已经无药

可救了。（转身向栅栏门走去）

弗兰克：（无动于衷）和他们说我不回家喝茶了，乖乖的哈，老爷子，好不好？（他转身要进屋子，却和正要出来的普雷德、维维碰了个正着）

维维：（对弗兰克说）弗兰克，那是你的父亲吗？我很想见见他。

弗兰克：当然可以。（喊他父亲）老爷子，有人想见你。（牧师在门口转过身，紧张地整理着他的帽子。普雷德穿过院子走到门口，准备笑容满面地和客人寒暄）这是我的父亲，这是维维小姐。

维维：（走到牧师面前，和他握手）在这里见到你真是太好了，加德纳先生。（向屋里喊）妈妈，出来，有人想见你。

华伦夫人走到门口，看见了牧师，一下子呆住了。

维维：（继续说）我来介绍下——

华伦夫人：（过去一把抓住塞缪尔牧师）天啊，这不是山姆·加德纳吗，当牧师了！哎呀，真是想不到！你不认识我们了，山姆？这是英明神武的乔治·克罗夫茨。你不记得我了吗？

塞缪尔牧师：（满脸通红）我实在——呃——

华伦夫人：你当然记得我。哎呀，我这里还有一堆你写给我的信呢，前几天我还看了呢。

塞缪尔牧师：（困窘不堪）你是瓦瓦苏小姐？

华伦夫人：（赶紧低声纠正他）嘖！胡说什么！我是华伦夫人，你没看见我女儿也在吗？

第二场

　　日落西山后，村舍里。不是从屋里向西看，而从屋里向东看去，屋子前墙的中间有一扇大格子窗，窗帘已经拉上，窗户左边是门廊的门。左边墙上的一扇门通向厨房。再往后一点儿，左手边的墙上，靠着一个食器柜，上面放着蜡烛和火柴，旁边是弗兰克的枪，枪筒就靠在碗碟架上。屋子中间的桌子上燃着一盏灯。维维的书和一些她的笔记放在窗户右边靠墙的桌子上。右边是壁炉，里面没有生火，前边放着一张高背长靠椅。另有两把椅子分别放在桌子的左右。

　　屋子的门开着，可以看到外面的夜空繁星点点。华伦夫人肩上披着一件从维维那里借来的披肩，走进了屋子，弗兰克跟在身后也进了屋，把摘下来的帽子扔在窗台上。华伦夫人走了很久也累了，现在终于松了一口气，拆下帽子上的别针，摘下帽子，然后又把别针别在帽顶上，把帽子放在了桌子上。

华伦夫人：哦，天啊！在这乡下地方，真是不知走道儿和什么都不干在屋里待着，哪个更糟糕。我现在唯一惦在这里做的事情，就是喝上一杯威士忌苏打水。

弗兰克：或许维维有。

华伦夫人：说什么鬼话！像她这样一个年轻女孩儿怎么会有这些东西！算了，没关系。我真不知道，她如何在这种地方打发时间。要是我，我宁愿待在维也纳。

弗兰克：那我陪你去维也纳吧。（他帮她拿下披肩，同时殷勤地在她的肩膀上轻轻地捏了一下。）

华伦夫人：啊！你陪我去？我开始觉得你有点儿像你的父亲了。

弗兰克：像那个老头儿？（他把披肩搭在旁边的椅子上，坐下）

华伦夫人：不关你的事。你懂什么？你还是个小孩子。（她走到火炉边，离他远些，免得对他动心。）

弗兰克：不带我去维也纳吗？那会很有意思的。

华伦夫人：不，算了吧。维也纳不是你去的地方——至少不是你这么大小孩儿去的地方。（她朝他点点头，强调刚刚说的话。他做出一副可怜相，可是眼里的笑意却掩藏着他的虚假。她看着他，

· 171 ·

又走到他身边）喂，小子（她用手捧起他的脸，让他转向自己）因为你像你父亲，所以我看透了你是什么样的人，我比你自己还要了解你。你的小脑瓜里不要再有任何蠢念头。知道了吗？

弗兰克：（用他那迷人的嗓音低声示弱）可是我也没办法，亲爱的华伦夫人，这是我们的家族遗传。（她佯装要打他耳光，可是看了他那张仰着的可人的笑脸一会儿，禁不住诱惑，最后居然亲了他，亲完后赶紧躲开，心里有点对自己火大）

华伦夫人：哎！我刚才不该那样。我真是太坏了。不要放在心上，亲爱的，这是妈妈的吻。你去找维维亲热吧。

弗兰克：我那样做过了。

华伦夫人：（冲着他，用尖锐的声音质问）什么？

弗兰克：我和维维是很亲密的朋友。

华伦夫人：你什么意思？现在你给我听着，我不允许任何流氓无赖勾引我的女儿。听到了吗？我不允许。

弗兰克：（满不在乎）我亲爱的华伦夫人，你先别急。我的目的很单纯，也非常的光明正大，并且你那乖女儿很会照顾自己。她可不像你一样身边离不开人。你知道，她也不像你这么漂亮。

华伦夫人：（他的大言不惭让她大吃一惊）哼，你的脸皮倒是有两寸厚。我不知道你的厚脸皮是从哪里学的。反正不是从你父亲那里。

克罗夫茨：（在花园里）我猜，是吉普赛人？

塞缪尔牧师：（回答）那些做扫帚的流浪人比他们坏多了。

华伦夫人：（向弗兰克）嘘！记住！我刚才已经警告过你了。

克罗夫茨和塞缪尔·加德纳牧师从花园走了进来，进来的时候塞缪尔牧师还在继续刚才的谈话。

塞缪尔牧师：在温彻斯特巡回法庭上发生的那件做伪证的事情才糟糕呢。

华伦夫人：哦？怎么是你们俩啊？普雷迪和维维去哪儿了？

克罗夫茨：（把帽子摘下来放到长靠椅上，把拐杖靠在壁炉的烟道上）他们上山去了。我想要喝一杯，我俩就到村子里去了一趟。（他在长靠椅上坐下，两条腿放在椅子上）

华伦夫人：哼，维维应该打声招呼再出门的。（朝弗兰克）给你父亲搬把椅子，弗兰克，你的礼貌上哪儿去了？（弗兰克跳起来，把自己的椅子恭恭敬敬地让给他父亲，然后从墙边儿搬来另一把椅子，靠桌子坐下。自己坐在中间，他父亲坐在右边，华伦夫人坐在左边）乔治，你今晚打算住哪儿？你可不能住这里。还有普雷迪，你怎么打算的？

克罗夫茨：加德纳要留我在他那儿过夜。

华伦夫人：哦，你是没问题了，可是普雷迪怎么办？

克罗夫茨：不知道，我猜他可能要住旅馆。

华伦夫人：山姆，难道你那里没有地方给他住吗？

塞缪尔牧师：哦——呃——你想，我是这里的教区牧师，我不能自己做主。呃——普雷德先生的社会地位如何？

华伦夫人：这个他没问题，他是个建筑师。你真是个老古板，山姆！

　　弗兰克：是呀，没问题的，老爷子。就是他在威尔士给公爵盖了那座卡那封城堡，你一定听说过。（他一边朝华伦夫人抛媚眼，一边却又一本正经地对着他父亲）

　　塞缪尔牧师：啊，如果是那样的话，接待他是我们的荣幸啊。我想他一定认识公爵本人吧。

　　弗兰克：哎呀，那是相当得熟呀！我们可以把他塞在乔治娜以前的那个旧屋子里。

　　华伦夫人：好了，这下安排妥当了。现在只要他俩一进门，我们就可以吃晚饭了。他们真不应该在外面待到这么晚。

　　克罗夫茨：（气势汹汹）他们又怎么碍着你啦？

　　华伦夫人：哼，不管妨不妨碍我，我就是不喜欢这样。

　　弗兰克：要不别等他们了，华伦夫人。普雷德是要在外面尽可能地多待一会儿，他从来也没体验过和我的维维在夏天的晚上，一起在草地上溜达是什么感觉。

　　克罗夫茨：（大吃一惊，坐直了身子）喂，你这是说的什么话？

　　塞缪尔牧师：（站起来，吓得忘了他的牧师架子，语重心长地说）弗兰克，总之一句话，这事不可能，华伦夫人会告诉你这事根本不可能。

　　克罗夫茨：当然不可能了。

　　弗兰克：（用他那迷人的声音）是那样吗，华伦夫人？

　　华伦夫人：（若有所思）哎，山姆，我也不知道。要是这孩子想结婚的话，拦着不让她结婚或许并不好。

塞缪尔牧师：（大吃一惊）怎么能和他结婚！和我儿子结婚，不可能。

克罗夫茨：这样做肯定不行。别犯傻了，凯蒂。

华伦夫人：（生气）为什么不行？难道我女儿配不上你儿子？

塞缪尔牧师：不是那样的，华伦夫人，你知道原因——

华伦夫人：（挑衅地）我什么也不知道。如果你知道些什么，尽管告诉你儿子，或告诉我女儿，要不就告诉你的教友。

塞缪尔牧师：（无助地瘫坐在椅子上）你知道我不会把原因告诉别人。但是我儿子会相信我，这其中是有内情的。

弗兰克：不错，爸爸，他是会相信你。可是你儿子听过你的原因之后，他有改过一回主意吗？

克罗夫茨：你不能和她结婚，我就说这么多了。（他起身，站在壁炉前，背冲着壁炉，眉头紧锁）

华伦夫人：（转向克罗夫茨，厉声问到）请问关你什么事？

弗兰克：（用他最迷人的嗓音）我也正要客客气气地问这句话。

克罗夫茨：（对华伦夫人）我想你也不愿把女儿嫁给一个比她自己还小，无所事事，一无所有，拿不出钱养活她的男人吧。要是你不信我的话，问山姆。（问牧师）你还有钱给他吗？

塞缪尔牧师：一分钱也没有了。他已经继承了他自己的那份祖产，去年七月份就已经花得干干净净了。（华伦夫人沉下脸来）

克罗夫茨：（看着她）看吧！我告诉过你了。（他又重新在长

靠凳上坐下，把腿放在平凳面上，好像这件事情已经最终有了结果似的）

弗兰克：（可怜巴巴）你们就知道向钱看。难道你们以为华伦小姐结婚就是为了钱吗？如果我跟她彼此相爱——

华伦夫人：不必了，我的孩子，你的爱情并不是什么值钱货。如果你没办法养活老婆，那就没什么可说的了，你不能娶维维。

弗兰克：（觉得很可笑）你说呢，老爷子？

塞缪尔牧师：我赞成华伦夫人说的。

弗兰克：好吧，老克罗夫茨刚才已经表过态了。

克罗夫茨：（用胳膊支着身子，生气地转过身来）你给我听着，少给我油嘴滑舌的。

弗兰克：（毫不客气地回嘴）我很抱歉刚才冲撞了你，克罗夫茨。但是你刚才那么肆无忌惮地和我说话，感觉你是我父亲似的。真是抱歉，我有一个父亲就已经够受的了。

克罗夫茨：（无视他）哟！（他又把身子转了过去）

弗兰克：（站起来）华伦夫人，即使是你，也不能让我放弃维维。

华伦夫人：（小声嘀咕）小浑蛋！

弗兰克：（接着说）因为你肯定会给她提别的亲事，所以我得先下手为强。（大家看着他，他却开始优雅地朗诵起诗来）不敢把事情揭出来，成就成，不成就失败，他就是畏首畏尾，或者是一个胆小鬼。

他正在朗诵着，屋子的门开了，维维和普雷德走进来。他马上停住。普雷德把帽子放在食器柜上。这时，屋里的人们动作立刻收敛。普雷德走到壁炉旁边时，克罗夫茨把腿从凳子上放下来，一本正经起来。华伦夫人也显得拘谨，只能用发牢骚来掩饰自己的尴尬。

华伦夫人：你们刚才去哪儿了，维维？

维维：（摘下帽子，随意扔在桌子上）山上。

华伦夫人：可是，你不该一声不吭就出去吧。我又不知道你发生了什么事？并且也到晚上了。

维维：（走过去，打开厨房门，无视她母亲）晚饭呢？（所有人都站起身来，只有华伦夫人还坐着）我担心咱们在这边会挤得慌。

华伦夫人：你听到我说的了吗，维维？

维维：（轻声回答）听到了，母亲。（话题又回到吃饭问题上）我们这里几个人啊？（继续数）一、二、三、四、五、六。好吧，两个人等着，其他四个人先吃。艾莉森太太的餐具正好够四个人用。

普雷德：哦，我没关系的，我——

维维：走了这么久，我是饿了，普雷德先生，你也得马上吃晚饭，我倒可以再等等，可是我想让人陪我等。弗兰克，你饿吗？

弗兰克：我一点儿也不饿，其实根本就不想吃东西。

华伦夫人：（对克罗夫茨）你也不饿，乔治。你也可以再等等。

克罗夫茨：哟，完了，我下午茶之后就再也没有吃东西。难道

· 177 ·

不能让山姆等吗？

弗兰克：你是要饿坏我可怜的老爸吗？

塞缪尔牧师：（暴躁地）让我自己说吧，我非常愿意等着。

维维：（果断地）没有这个必要，只要两个人等一下就行。（她打开厨房的门）加德纳先生，你陪我母亲进去好吗？（加德纳先生走过来，和华伦夫人挽着手进了厨房。普雷德和克罗夫茨也跟着进去了。除了普雷德之外，所有人都明确表示不同意这个办法，可是却不知如何反对。维维站在厨房门口，看着厨房里的四个人）你能挤过去到那个角落吗，普雷德先生？那里有点儿窄。小心你的衣服，不要蹭到墙上的白灰。好了，现在你们都舒服多了吧？

普雷德：（坐在里面）非常舒服，谢谢。

华伦夫人：（坐在里面）开着这个门吧，亲爱的。（维维皱着眉想发火，弗兰克赶紧做手势，让她忍住，悄悄走到门旁，轻轻地把房门完全敞开）啊，好大的风啊！你还是把门关上吧，亲爱的。

维维砰的一声关上门，然后看见母亲扔得到处都是的帽子和披肩，心里烦得很，她轻轻地把它们都收拾到窗台上，此时，弗兰克又悄无声息地把屋子门给关上了。

弗兰克：（狂喜）啊哈！可是把他们给甩开了。我说维芬，你觉着我们家老爷子怎么样啊？

维维：（满怀心事、一脸严肃）我几乎没和他说过话。他让我觉得，他并不是一个特别厉害的人。

弗兰克：可是，你要知道，这个老头儿并不像表面看起来那么傻乎乎的。你想啊，他当初是被硬塞进教会的，为了要让别人感觉他像个牧师，只能把自己弄得比实际看起来更傻。其实我并不像你们想象的那样讨厌他。他挺好的。你觉得你们能相处得来吗？

维维：（语气更冰冷）我觉得可能除了普雷德，我以后的日子不会和你父亲有多大关系，包括我母亲那帮子朋友。（她坐在了长靠椅上）你觉得我母亲怎么样？

弗兰克：要说实话吗？

维维：当然要说实话。

弗兰克：说起来，她这个人挺有意思的，就是对人的戒备心有点儿强，是吧？可那个克罗夫茨！哦，我的天啊．克罗夫茨啊（他在她身边坐下来）

维维：那帮子家伙，弗兰克！

弗兰克：那些都是乌合之众！

维维：（极其鄙视他们）如果我要是知道自己会是那样的废物，每天一顿接着一顿地混饭吃，无所事事、毫无主见、胆小如鼠，那我就割脉自杀，绝不含糊。

弗兰克：噢，不，你不会那么做的。他们有福享为什么要吃苦？我倒希望我也有那样的福气。就是看不惯他们的那副德行。真是不像话，不修边幅，极其懒散。

维维：你觉得要是你不工作的话，等到了克罗夫茨那个年纪，你能比他强到哪儿去吗？

弗兰克：我当然比他强了，一定比他强得多。维芬，不要教训

他们了，她自己的小孩子都已经无可救药了。（他试图用手抚摸她的脸蛋儿）

维维：（毫不客气地把他的手打了下去）离我远点儿，维芬今天晚上没心情逗她孩子玩。（她站起来，走到了房间的那头）

弗兰克：（跟在她后面）真狠心啊！

维维：（冲他跺脚）严肃点儿。我是认真的。

弗兰克：好呀。咱们来谈点高深的吧，华伦小姐。你知道吗，所有最有学识的思想家都认为，现代文明的弊端中，其中一半的原因都是由于年轻人对于爱情的饥渴所造成的。现在，我——

维维：（打断他的话）你真烦人。（她打开里屋的门）你们那儿还有地方给弗兰克吗？他在抱怨他饿得要命呢。

华伦夫人：（在里屋）当然有地方。（开始乒乒乓乓地挪动桌子上的刀叉杯盘）来这儿！我边上有地方。过来，弗兰克先生。

弗兰克：维芬的孩子会永远记着这件事的。（他进了厨房）

华伦夫人：（在里面）维维。你也进来，孩子。你肯定也饿了。（维维进了厨房，克罗夫茨在后面恭敬地为她打开门。她看都没看他一眼就走了过去。等维维进去后，他又把门关上）哎呀，乔治，你一定没吃饱。都没怎么吃东西。你不舒服吗？

克罗夫茨：哦，我就只想喝杯酒而已。（他把手插进口袋里，开始在屋子里心神不宁地走来走去。）

华伦夫人：我是很喜欢吃东西。可吃了这点儿冷牛肉、奶酪和莴苣也够了。（吁出口气，只吃了个半饱，她懒洋洋地在长靠椅上

坐下）

克罗夫茨：为什么那么抬举那条小狗？

华伦夫人：（立刻警觉）听着，克罗夫茨，你想打这个女孩儿什么主意？我可一直在观察你看她的眼神。你给我记着，我了解你，也知道你的眼神意味着什么。

克罗夫茨：看看又无妨，不是吗？

华伦夫人：如果让我看见你有什么无聊的行为，我就让你马上打包滚回伦敦。我女儿的一个小指头比你整条命还要金贵。（克罗夫茨报一声冷笑。本要上演舞台上奋不顾身的母亲的戏码来骗骗他，可是没骗成，脸上一红，声音也低了）放心好了。那条小狗和你一样没机会。

克罗夫茨：难道一个男人不能对一个女孩儿有好感吗？

华伦夫人：像你这样的男人不行。

克罗夫茨：她多大了？

华伦夫人：这个不用你管。

克罗夫茨：你为什么对岁数还保密得这么严啊？

华伦夫人：我乐意。

克罗夫茨：我现在还不到五十，财产也还和原来一样——

华伦夫人：（打断他）是呀，这还不是因为你又吝啬又恶毒。

克罗夫茨：（继续说）而且男爵也不是天天都能碰到的。像我这样地位的男人，除了我别人可受不了你这样的丈母娘。她怎么不能嫁给我啊？

华伦夫人： 就你！

克罗夫茨： 我们三个一起过，肯定日子过得很好。我肯定比她先死，然后她就成了一个富得流油儿的小寡妇。为什么不让她嫁给我呢？我刚才在和里面那个傻瓜一起散步的时候，就一直在盘算这个事情。

华伦夫人：（厌恶地）对，你脑子里就会想这些事。

他停住不动，两个人对看着，她紧紧盯着他，对他有点儿鄙视却又有点儿害怕。他偷偷地用那种色眯眯的眼神看着她，脸上挂着轻浮的笑容。

克罗夫茨：（当他看见她毫无同情之意时，他突然感到紧张起来）听我说，凯蒂。你是个聪明的女人，不需要装出一副假清高的样子。我不会再问你了，你也不用回答什么了。我会指定，我的财产全都给她。结婚那天，你想要多少钱，说个数目，我都给你——只要数目合理。

华伦夫人： 也就是说，你也和那些不中用的老家伙一样，乔治，竟也落得如此下场了！

克罗夫茨：（粗暴地说）该死！

她刚要回嘴，厨房的门就开了。屋里的人一边往外走一边聊天的声音传了出来。克罗夫茨难掩慌张的神色；赶紧跑到房子外面。牧师出现在厨房的门口。

塞缪尔牧师：（到处张望）乔治爵士在哪儿？

华伦夫人： 出去抽烟了。（牧师从桌子上把帽子拿过去，走到旁边，一起站在壁炉旁。这时，维维进来了，后面还跟着弗兰克，他一副疲惫不堪的样子，一进门就瘫坐在离他最近的一张椅子上。一边打量维维，一边用她那强装的母亲派头对维维说话）亲爱的，晚饭吃好了吗？

维维：你知道的，艾莉森太太的晚餐做得也就那样。（她转向弗兰克，冲他撒娇）可怜的弗兰克！是不是牛肉都被他们吃光了？是不是你只吃了面包、奶酪和姜汁啤酒？（转而又严肃起来，好像今晚的所有玩笑刚已经开完了）不过她的黄油也太差劲了，我得去山下的商店去买些来。

弗兰克：的确是要买些来。维维走到书桌前，把买黄油的事情记在个备忘录上。普雷德从厨房走出来，边走边把刚当餐巾纸用的手绢折起来。

塞缪尔牧师：弗兰克，我的孩子。我们是不是该回家了。你母亲还不知道咱家今天晚上有客人呢。

普雷德：我真怕给你们添麻烦。

弗兰克：（站起来）哪里的话，我母亲看到你肯定很高兴。她是一个真正知书达理而又风雅的女人。除了我们家老爷子，她在这儿一年到头也见不到什么其他人，所以你可以想象，她这样的生活是多么平淡无聊。（转而向他父亲）你既不聪明也不风雅，你是个爸爸吗？所以赶紧带普雷德回家去吧，我在这儿再待会儿。你一会儿在花园把克罗夫茨也叫上。他肯定会和咱家那只小狗玩得上来。

普雷德：（把帽子从食器柜上拿下来，走向弗兰克）跟我们一起走吧,弗兰克。很久没见维维小姐了,我们待在这儿,都没能让她们娘儿俩好好单独待会儿。

弗兰克:(态度极其温和,用一种夸张的钦佩语气)当然。我倒是忘了。真是感谢你的提醒。你真是一个很棒的男人,普雷迪。一直如此,从未变过。我向来很崇拜你。(他站起来要走,可是在两个老男人之间停了下来,一只手放在普雷德的肩膀上)唉,要是你是我的父亲而不是这个没出息的老头儿那该多好啊!(他把另一只手按在他父亲的肩膀上)

塞缪尔牧师:(咆哮道)住嘴,你给我住嘴,你这个不孝子。

华伦夫人:(放声大笑)你是该好好管教他一下了,山姆,明天见了。还有,把乔治的帽子和拐杖捎给他,顺便代我问候他。

塞缪尔牧师:(拿起帽子和拐杖)晚安夫人。(跟她握手。当他走到维维身边的时候也和维维握手,对她说晚安。然后对弗兰克大声命令道)赶紧走吧!(走出去)

华伦夫人:再见,普雷迪。

普雷德:再见,凯蒂。(和普雷德深情地握了握手,然后一起出去,一直陪他走到花园门口。)

弗兰克:(对维维说)来,亲一下?

维维:(怒气冲冲地)不,我恨你。(她从书桌上拿了几本书和一些纸,在中间那张桌子,最靠近壁炉的那头坐下)

弗兰克:(做了个鬼脸)对不起。(他走过去拿过来帽子和枪。回来了。他握了她的手)晚安,亲爱的。(他吻了她的手。她

· 184 ·

把手抽回去，嘴唇紧抿着，看上去很想扇他耳光。他顽皮地大笑着跑开了，门也被砰的一声关上了）

华伦夫人：（现在男人们都走了，她只好苦挨这漫漫长夜）你这辈子见过这样唠唠叨叨、喋喋不休的人吗？你说他是不是一个讨厌鬼？（她坐在桌子旁）既然说到这儿了，宝贝儿，你以后别再去招惹他了。我能肯定他就是个一无是处的饭桶。

维维：（站起来又去拿了几本书）我估计也是。可怜的弗兰克！我肯定得甩掉他，尽管不值得，但还是会可怜他。克罗夫茨那家伙貌似也比他好不了多少，是吧？（她粗鲁地把书丢在桌子上）

华伦夫人：（让维维这种漠不关心的态度弄得有点儿生气）你知道这些男人什么啊，孩子，能这样说他们？你要做好思想准备，和克罗夫茨爵士经常见面，因为他是我的朋友。

维维：（不为所动）为什么啊？（她坐下来，翻开一本书）你希望我们俩常在一块儿？我的意思是，你和我？

（双眼看着她）当然是说我们两个了，除非你结婚了。你又不用再去学校了。

维维：你认为我的生活方式会遵从你的安排吗？这恐怕不行吧。

华伦夫人：你的生活方式！什么意思？

维维：（用她腰链上的裁纸刀把一页书裁了下来）妈妈你从没有想过吗？我也和别人一样有自己的生活方式。

华伦夫人：你在这儿胡说八道什么啊？就因为你在学校是个小小的人物，你就想给我闹独立自主？别傻了，孩子。

维维：（宽容地）关于这件事，你就只想说这些吗，妈妈？

华伦夫人：（愣了一下，随即生起气来）你能不像刚才那样一个劲儿地对我发问吗？（情绪激动）你给我住嘴。（维维继续着手边的工作，没有耽误一点时间，只是一言不发）你和你的生活方式，岂有此理！你还想说什么？（她又盯着维维，可是维维没有理她）你过什么样的日子，得由我说了算。（停了下又说）自从你得了什么所谓的剑桥什么荣誉，我就看你成天一副自以为是的样子。你以为我会忍受你这个样子吗？你错了，越早搞清楚状况对你越有好处。（小声抱怨）一到这件事，我就只会说这些，真是的！（又重新生气地提高嗓门）你以为你是在和谁说话，小姐？

维维：（没有抬头，只是把目光从书上转向她母亲）不知道，你是哪位？你是干什么的？

华伦夫人：（激动地站起来）你这个小东西！

维维：每个人都知道我的声望、我的社会地位和我所追求的事业。可是我却对你一无所知。请问，你是想让我跟你和克罗夫茨爵士过什么样的生活呢？

华伦夫人：你给我小心点儿。我以后会做出让我——还有你——都会后悔的事。

维维：（决绝地把书推到一边）那等你能好好面对这个问题的时候我们再谈，先把它撂一边吧。（用挑剔的目光看着她母亲）你得多散散步，打点儿草地网球，这会让你身体好起来。你现在的身体状况太差了，今天爬山的时候，你走二十码就得停下喘半天，你

看你的手腕简直就像两桶猪油似的。看看我的——（她伸出自己的手腕）

华伦夫人：（无助地看着她，然后开始啜泣）维维——

维维：（猛地从椅子上跳起来）求求你别哭好吗？你只要不哭，其他什么都行。我真是受不了你哭哭啼啼的。你再哭我就出去。

华伦夫人：（可怜兮兮地）哦，亲爱的，你怎么能对我这么狠心？难道我不是你的母亲吗？

维维：你是我的母亲吗？

华伦夫人：我是你的母亲吗？天啊，维维！

维维：如果是，那我们的亲戚在哪里？我的父亲在哪里？我们家的家族朋友又在哪里？你声称是我的母亲，有权利呵斥我，骂我是傻瓜，能用大学女训导员都不敢用的态度和我说话，有权利对我的生活方式指手画脚，有权利强迫我去结识伦敦城里众所皆知的最可恶的高级流氓中的一个衣冠禽兽。在我拒绝你这些要求之前，我倒想多嘴问问，你凭什么对我提出这些要求。

华伦夫人：（心烦意乱，腿一软，跪坐在了地上）哦，不是这样的，不是这样的。别说了。我发誓，我就是你的母亲。你不能这样对我——我的孩子！事情不该这样的。你相信我，好吗？说你相信我啊。

维维：谁是我父亲？

华伦夫人：你都不知道你自己在问什么。我不能告诉你。

维维：（态度坚决地）你能告诉我的，只要你愿意告诉我。我有权利知道，你也很清楚我有这种权利。如果你不乐意，你当然可以拒绝告诉我，可是如果你那么做了，我明天早上会离开，那个时候将会是你最后一次见到我。

华伦夫人：你竟说这些话，实在是太不像话了。你不会——也不能离开我。

维维：（冷冷地）我会，你要是在这件事上再无视我的感受的话，我会毫不犹豫地离开你。（因为厌恶身体轻轻颤抖）我怎么敢保证我的身体里有没有流淌着那个恶心废物的肮脏血液？

华伦夫人：不会，不会。我敢赌咒不是他，也不是你刚见过的那些人。至少这一点我能肯定。

维维脑筋一转，立刻悟出了她母亲这番话里的意思，用眼睛狠狠地盯着母亲。

维维：（慢条斯理地）你至少能肯定这个。啊！你是说你只能肯定这个。（若有所思）我明白了。（她的脸埋在双手里）你不要那样，妈妈，你自己清楚你一点儿也不在乎这个。（把手放下来，抬起头用可怜巴巴的眼神看着维维，维维却拿出表来看了看，然后说道）算了，今天晚上就聊到这儿吧。你想什么时间吃早饭呢？八点半对你来说是不是太早啊？

华伦夫人：（歇斯底里地）我的天啊，你是个什么样的女人啊？

维维：（声音冷冰冰）我应该是世界上数目最多的那种吧。要不是这样，我不会知道如何处理这堆麻烦。起来。（抓住母亲的手腕，一下子把她扯了起来）打起精神来。这才对嘛。

华伦夫人：（抱怨道）你对我真是太粗鲁了，维维。

维维：胡说什么呢你。睡觉吧！都十点多了。

华伦夫人：（激动地）睡觉干吗？你觉得我睡得着吗？

维维：怎么睡不着？我就能睡着。

华伦夫人：你！你真是没心没肺。（在她一贯的语调中突然显露出慷慨激昂的语气来——一个普通女人的方言——以往所有用来作掩饰的母亲权威和传统礼仪全都消失不见了。心中满是一种超乎寻常的自信和目空一切的豪情）噢，我受够了。我不会再受这个气了。你凭什么把自己捧那么高？还在我面前自夸自己多么了不起——你也不想想给你机会拥有这一切的人是我。我有过什么机会呢？不要脸的是你，你就是一个假正经的女人，是个傲慢无耻的女人！

维维：（耸耸肩，坐了下来，不再像刚才那样有信心了，因为母亲的话听起来合情合理，对她冲击不小，和她母亲刚才的口气一比，她开始觉得自己说的话有点书呆子气，甚至有点假正经的感觉）别以为我是在欺负你。你总是用那种母亲的传统权威来招惹我，我也用一个有身份女性的传统优越地位来捍卫我自己。说白了吧，我不会再容忍你任何的无理取闹，你要是不出招，我也不会招惹你。我也会尊重你拥有自己想法和自己生活方式的权利。

华伦夫人：我自己的想法和自己的生活方式！听听她说的！你以为我是像你这样长大的吗？可以像你一样选择自己的生活方式？你以为我所做的事情是因为我喜欢做吗，还是我会以为做的事情是对的，如果我有机会的话，你以为我不愿意去大学做一名淑女吗？

维维：每个人都有机会选择，妈妈。一个最穷苦的女孩儿，可能没有机会选择成为英国女王或是纽纳姆学院的院长，可是只要她愿意，她可以选择是捡破烂儿还是卖花。人们总是抱怨他们所处的境遇。我不相信什么境遇。凡是世界上成功的人都是那些眼光长远，寻找他们所需要的境遇，若是找不到，他们就会自己创造。

华伦夫人：唉，真是说得轻松。我说，你想不想听听我以前的境遇？

维维：好呀，你能说给我听最好。不坐下来吗？

华伦夫人：好，我坐下，你别害怕。（她把椅子哐的一声使劲往前一放，坐了下去。维维也不禁打起了精神）你知道你外婆是做什么的吗？

维维：不知道。

华伦夫人：你是不知道，我知道。她自己说自己是个寡妇，在铸币厂那块儿开了个炸小鱼的铺子，靠这个养活了自己和四个女儿。四个姐妹中，我和利兹是亲姐妹，我们两个本来就长得漂亮，身材也好。我猜我的父亲是个日子过得不错、脑满肠肥的家伙，我母亲说他是个绅士，可我不清楚。那两姐妹和我俩不是一个父亲，个子矮，长得又丑，个个面黄肌瘦的，是两个干活卖力的可怜家伙。要不是母亲不让我俩欺负她们，估计我们肯定会把她俩打得半死。她俩可是规矩人。可是，规矩人又怎么样？我告诉你。她们一个在白铅工厂干活，一天干十二个小时，一个礼拜只领九个先令，一直干到铅中毒死掉。一开始她只是以为她得了轻微的双手麻痹症，哪知道能把命送掉。另一个是我们的榜样模范，她嫁给了一个德特福德供应厂的工人，丈夫一个礼拜领十八个先令，老婆在家操持家事，三个孩子也乖巧伶俐——可是直到那男的喝上了酒，这一切都完了。这就是规矩人所落得的下场，你说值得吗？

维维：（开始聚精会神起来）你和你姐姐是这样认为的？

华伦夫人：利兹是觉得不值得，我可以这样和你说，她比我有志气多了。我俩一起进了教会学校——这也使我们清楚了为什么那些什么都不懂，哪儿都没去过的女孩子要摆出一副盛气凌人的臭架子——我们在学校待了些时间，直到有一天晚上，利兹跑了出去再也没有回来。我知道，老师觉得我会很快跟着利兹学坏，所以学校的牧师总是告诫我，说利兹是跳进滑铁卢大桥死掉了。可怜的傻牧师，他只会这么说！可是比起跳河来，我更害怕进白铅工厂，你要是我，你也会那样想的。后来牧师给我找了个禁酒饭馆做杂活，别说酒了，你想买什么那里都能买到。后来我成了女招待，后来又去了滑铁卢车站的酒吧，一天十四个小时，不是端酒就是洗杯子，管饭，一个礼拜才给四个先令。这对于我来说，也算是一个大进步了。在一个冷得要死的晚上，我累得不行，差点儿就要睡过去了。有个人进来要了半品脱威士忌，这个人不是别人，正是利兹。她穿了件长的皮大衣，既优雅又舒适，钱包里还装了很多金币。

维维：（厌恶地）我的利兹阿姨！

华伦夫人：是她，还是个很体面的阿姨。她现在住在温彻斯特一个邻近大教堂的地方，她也是那里一个最受尊敬的女人。你相信吗，舞会的时候，她还被请去陪护别家小姐呢。谢天谢地，利兹没有跳河！你倒是有点儿像利兹，她可是个顶尖的女买卖人——刚开始就攒钱——从来不向别人透漏底细——从来都是头脑清醒，不放过任何一个机会。那天她看我出落得还不错，就在酒吧那头冲我喊道："你这个小傻瓜，在那儿干什么呢？简直就是在耗费自己的身体和美貌给别人赚钱！"那时利兹正在攒钱，准备自己在布鲁塞尔买所房子，她觉得我们两个一起攒钱会比一个人快些。所以她借了些钱给我，让我自己做事，我钱攒得很快，先还了她钱，又和她一起合伙。我为什么不能那么做呢？布鲁塞尔的房子真的很高级，比起那个让女工们中毒的安妮·简工厂来，在我们这所房子里过日子要舒服得多。我们的女孩儿们从来没有遭过我在滑铁卢餐馆、酒吧或家里的那份罪。你愿意让我待在那些地方，然后不到四十岁就成为一个穷困潦倒的苦命老太婆吗？

维维：（听到这时，有了强烈的兴趣）不愿意，可是你为什么要选择那种生意呢？能攒钱会经营，做什么都会成功的。

华伦夫人：是要攒钱。可是一个弱女子，要做什么才能攒得起来钱？一个礼拜赚四先令还要打点自己的穿戴，你还能攒起钱来吗？你不能。不用说，你要是相貌平平的话，你还赚什么钱，要不你就得会唱歌、会演戏或是会写文章，当然这就另当别论了。但是利兹和我当然做这些都不行，我们唯一有的就是我们这副好皮囊和取悦男人的本事。你觉得我们会傻到让别人雇我们当店员或是服务员，用我们这副好皮囊来当招牌赚大钱，却只给我们那点儿填不饱肚子的死工资，那我们为什么不自己去赚这笔钱呢？这没有道理呀。

维维： 听起来确实是这样——从做生意的眼光来看。

华伦夫人： 当然，从什么方面看都很有道理。你说把一个正经女孩子养大，既不让她去讨有钱人的欢心，又不让她和有钱人结婚然后再得点实惠，还能让她干什么？感觉区区一个结婚仪式就能区分开来对与错似的！噢，真是虚伪的世界，真是让我恶心！利兹和我也得跟其他人一样工作、攒钱、精打细算，要不然我们也会像那些醉生梦死、自以为会走运一辈子的女人一样穷困潦倒。（恶狠狠）我可瞧不起那种人，她们没骨气，要是说女人有什么毛病是我讨厌的话，那就是没骨气这个毛病。

维维： 妈妈，坦白说，难道你所谓的那种有骨气的女人不应该痛恨你们这种赚钱的方式吗？

华伦夫人： 那是当然。没人喜欢被逼着干活赚钱，尽管如此，但她们也得干活啊。我当然也会时常同情那可怜的女孩儿，虽然精疲力竭、无精打采，还是要取悦那个她根本瞧不上的男人——喝得半醉的一个混蛋——他还自以为自己多么善解人意，其实他是在戏弄别人，真是让人厌恶至极，不管给多少钱，女孩儿心里不愿意伺候他。虽然她不甘愿，可是也得受着，只能逆来顺受，就像护士照顾医院的病人一样耐心。那种事情确实不是哪个女人乐意干的，尽管听那些衣冠楚楚的人谈起来，那好像是个温柔富贵乡。

维维： 可是，你认为这件事是值得的，划得来。

华伦夫人：那是当然，这件事对一个穷苦的女孩儿来说当然是一个划得来的事情，可是她要是能经得起诱惑，脸蛋儿长得不错，品行端正，通情又达理。那么她做这行儿会比干别的强得多。我以前常想，这件事不该这样。维维，女人应该有比这更好的机会，不是吗？我坚持认为这个事情不合理。但是事实就是如此，没有什么合理不合理，一个女孩子必须要做到最好。当然一个上流社会的女性用不着做这个。你现在要是做这个，你就是个傻瓜。可是当初的我要是不做这个，我就是个傻瓜。

维维：（越来越感动）妈妈，如果我们两个像你当初过苦日子时那么穷，你确定你不会让我去滑铁卢酒吧，不会让我嫁人，或是进工厂？

华伦夫人：（愤怒）当然不会。你把你妈我当成什么人了！吃不饱还要做苦工，怎么能有自尊心？没有自尊心，女人还有什么价值？活着还有什么意思？为什么当时和我一样有着好机会的女人现在还生活在窝棚里，而我不用外人帮我，还能给我女儿一流的教育。因为我有自尊心，我能给自己拿主意。为什么利兹在那个大城市里人家都高看她一眼？道理是一样的。如果我们在意那个牧师的疯言疯语，我们现在会是什么样的处境呢？每天只拿一个半先令，还要拼命擦地板，除了去济贫院，其他一点儿指望也没有。我的小宝贝儿，你可千万别相信那些不懂人情世故的人忽悠你。一个女人过上好日子的唯一方法，就是找一个有钱又对你好的男人，然后你也对他好。要是你和他门当户对，那你就嫁给他。但是如果你的地位远不如他，那你就不用指望了，何必费这个心思呢？结了婚你也不会幸福的。要不你随便问问伦敦那些有女儿的上流社会女人，她们也会和你说同样的话，区别在于我是跟你直说，而她们会绕个弯再说。

维维：（深深着迷，聚精会神地看着她）我亲爱的妈妈，你真是一位伟大的女性，你比全英国的女人都要坚强。你真的，真的没有一点点儿质疑——或——或是为此感到羞耻？

华伦夫人：当然，宝贝儿，一个要脸的女人应该感到害臊，女人是得要脸，即使女人心里不要脸，但是表面上却得装模作样。利兹以前经常气我不管不顾地说出实话。她总是说，女人只要看看社会上那些事儿，心里就会对发生的事一清二楚，用不着去多说什么。利兹简直就是一个地地道道的上流社会女人！她天生就有那种气质，不和我似的，总是有点儿俗气。每次你把自己的照片寄给我，我总是很开心，因为你长得越来越像她了，你和她一样坚决有想法，真有点上流社会女人的样子。我可受不了心口不一地说假话。这种假惺惺的做法有什么用？要是女人们的日子是被人这样安排，却硬要说成别的样子又有什么好处。说实话，我从没感觉到一点点不好意思。相反我很得意，可以把一切事情安排得妥妥当当，没有人说过我们一个"不"字，对于那些女孩子，我们也照顾得不错。其中有几个还过得挺好，一个还和大使结了婚。可是我现在不大愿意说起这些，别人爱说什么随便说！（她打了个呵欠）哎，亲爱的！我现在真是想睡觉了。（她伸了个懒腰，彻底地发泄了下，

有种如释重负的感觉，心平气和地想要睡一觉）

维维：我觉得现在换我睡不着了。（她走到置物柜那里，点着蜡烛。关了灯，屋子里一下子黑了一大片）还是放点新鲜空气进来再关门吧。（她打开屋子的门，屋外月亮洒了满地的银光）多美的夜晚啊！看啊！（她拉开窗帘，一轮满月升起在布莱克当的高原上，一切景致都像浸在水中一般）

华伦夫人：（敷衍地扫了一眼）确实很美，亲爱的，可是要当心，别被夜风吹着得了重感冒。

维维：（鄙夷地）胡说八道。

华伦夫人：（抱怨道）是呀，在你看来，我说什么都是胡说。

维维：（匆忙转身向着母亲）没有，才不是那样呢，妈妈。今天晚上你是完胜，我本来还想占上风呢。我们现在和好吧。

华伦夫人：（有点儿可怜地摇了摇头）还是你赢了，我认输就是了。以前和利兹一起，我就占不到任何便宜，现在我也占不了你任何便宜。

维维：好了好了，别再想了。晚安，亲爱的老妈。（她抱住母亲）

华伦夫人：（深情的语气）我把你养得还不错，是不是，宝贝儿？

维维：是的，老妈。

华伦夫人：你得对你可怜的老妈好点儿，知不知道？

维维：我肯定会对你好的，妈妈。（吻了母亲一下）晚安。

华伦夫人：（诚心诚意）祝福我最亲爱的宝贝！这是一个母亲的祝福！

　　她保护似的把女儿抱在怀里，眼睛不由得向上看去，祈求上帝的庇佑。

第三场

　　第二天早上，在教区长住宅的花园里，阳光从万里无云的天空中洒下来。花园的院墙正当中，有一个用五根木栅做成的院门，宽敞十足，马车通过也绰绰有余，在栅栏门的旁边挂着一个拴有铃铛的弹簧，而铃铛和外面的一个拉手连着。车道从花园中间穿过，向左边去了，尽头是用碎石铺成的一个小圆形广场，正对着教区长住宅的门廊。栅栏门的外边是一条满是尘土的公路，与花园的外墙平行向前，公路另一侧隔着一长块草坪与一片开阔的松树林。横在房子和车道中间的草坪上，长着一棵修剪整齐的水松，树荫下面放着一个长椅。对面围着一圈树篱，一个日晷就放在草地上，旁边是一个铁制的椅子。一条小路自日晷后面延伸出来，穿过了那排树篱。弗兰克坐在日晷旁的椅子上看《标准报》，日晷上还放着当天的晨报。他的父亲从房子里走出来，眼睛红肿，身体也颤颤巍巍的，满眼担忧地看着弗兰克。

弗兰克：（看了看表）十一点半。真是牧师吃早饭的好时候啊！

塞缪尔牧师：别笑话我了，弗兰克，别说笑。我有点儿——呃（哆嗦）——

弗兰克：精神不济了？

塞缪尔牧师：（言不由衷）不是，今天身体有点儿不舒服。你母亲去哪儿了？

弗兰克：别担心，她不在家。和贝西一起坐十一点十三分的火车进城去了。她留了几句话给你。你现在听还是吃完早饭再听？

塞缪尔牧师：我已经吃过早饭了，孩子。客人还在我们家，你母亲竟然进了城，真是太不可思议了。这会让客人觉得奇怪的。

弗兰克：她可能已经考虑到这个了。不管怎样，要是克罗夫茨还要待在这儿，而你还要每天晚上陪他聊你们当年那些荒唐事到凌晨四点，都这样了，我妈作为一个尽职尽责的家庭主妇，还不得去城里买上一桶威士忌和几百根吸管啊！

塞缪尔牧师：我没觉得乔治爵士喝多少啊！

弗兰克：你昨天喝糊涂了吧，老爷子。

塞缪尔牧师：你的意思是说——我——

弗兰克：（平静地）我从没有看过一个领取圣俸的牧师喝得不省人事。你讲的那些你过去的荒唐事真是不堪入耳，要不是他和我妈妈那么投机，我真不觉得普雷德能在咱家过夜。

塞缪尔牧师：别瞎说。乔治·克罗夫茨爵士是我们家的客人。我总得和人家聊点什么吧，再说他就只聊那一个话题。哎，普雷德在哪儿？

弗兰克：他开车送妈妈和贝西去车站了。

塞缪尔牧师：克罗夫茨起床了吗？

弗兰克：早就起床了。他一点事儿也没有，道行比你深多了，说不定他一直在练习酒量呢。现在可能去别的地方抽烟去了。弗兰克又继续看报纸。牧师心神不宁地向着门口走去，又犹犹豫豫地走了回来。

塞缪尔牧师：呃——弗兰克。

弗兰克：怎么了？

塞缪尔牧师：你说她们母女昨天邀请了我们，会不会也想我们邀请她们来咱们这儿啊？

弗兰克：我已经邀请过她们了。

塞缪尔牧师：（大为震惊）什么！

弗兰克：克罗夫茨在吃早餐的时候告诉我们，他让把华伦夫人和维维今天接来，并且还让她们把这儿当成自己的家。我母亲听到了这句话才非要坐十一点十三分的火车进城的。

塞缪尔牧师：（失望透顶）我从来也没邀请过她们啊。我连这

·200·

个想法都没有。

弗兰克：（满眼同情）你怎么知道，你昨天晚上没想过这些还是没说过这些呢，老爷子？

普雷德：（穿过树篱，走过来）早上好啊。

塞缪尔牧师：早上好。真抱歉没陪你一起吃早餐。我有一点儿——呃——

弗兰克：牧师有点喉咙痛，普雷德。还好不是老毛病。

普雷德：（换了个话题）我不得不说，你们家的景致真是不错，非常漂亮。

塞缪尔牧师：是不错。普雷德，要是你乐意，让弗兰克一会儿带你转转。我得失陪一会儿了，趁加德纳太太不在家，你们各自又都有消遣，我得赶紧把布道的稿子赶出来。你们不介意吧？

普雷德：当然不介意。别跟我那么客气。

塞缪尔牧师：谢谢你。我要——呃——（他结结巴巴地说着就钻进了屋子）

普雷德：每个礼拜都写布道词，真奇怪。

弗兰克：他要是自己写的话，真是挺奇怪的。一般都是花钱买现成的。他现在是去喝汽水了。

普雷德：孩子，我希望你能对你的父亲尊重些。只要你愿意这样做，你肯定会做得很好。

弗兰克：亲爱的普雷迪，你别忘了，是我要和我们家老爷子住在一起。当两个人住在一起的时候——不管是父子、夫妻还是兄弟姐妹——要他们保持会客时候十分钟的虚伪的客套是根本做不到的事情。虽然老爷子有很多值得一说的居家好品质，但是他像绵羊似的毫无主见，又像头自负的公驴一样爱招惹别人——

普雷德：请你别说了，弗兰克，但你得记住！他是你的父亲。

弗兰克：我给他留着面子呢。（站起来，猛地扔掉了报纸）可是你想想，他竟然告诉克罗夫茨把母女请到这儿来！他那时一定是喝得烂醉。你知道吗，普雷迪，我母亲根本不能忍受那种人。得等到回伦敦，维维才能来这儿。

普雷德：难道你母亲对这事情一无所知？（他拾起报纸，坐下开始看）

弗兰克：我也不知道。照她进城这件事来看，她好像知道了。其实我母亲倒不像其他人那样介意这些事情，她还跟很多惹过乱子的女人交往很密切。不过那些都是很好的女人。最根本的区别在于，当然有她的优点，但是她太粗俗了，我的母亲实在是不能忍受这一点。所以——喂！（这一声喊，是因为牧师又急慌慌地从屋子里出来了）

塞缪尔牧师：弗兰克，和她的女儿跟着克罗夫茨从荒坡那边过来了，我从书房的窗户看见他们了。我该怎么和你母亲说啊？

弗兰克：戴上你的帽子，然后出去说你见到他们非常高兴；弗兰克就在花园里；母亲和贝西去城里看望生病的亲戚去了，非常抱歉不能招待她们；问昨天晚上睡得好不好；还有——还有——随便说点什么祝福的话，就是别说实话，其他的就只能听天由命了。

塞缪尔牧师：可是，我们再用什么办法把她们打发走呢?

弗兰克：现在没时间想那么多了。喂!（他窜进屋里）

塞缪尔牧师：他真是太莽撞了。普雷德，我真不知道该拿他怎么办。

弗兰克：（从屋子里出来，手里拿着一顶牧师的毡帽，匆匆戴在他父亲的头上）好了，去吧!（推着他出了门口）我和普雷德在这儿等着，装作什么都不知道。（牧师显得迷迷瞪瞪的，但还是服从指挥，急忙出了门）

弗兰克：我们必须得想个办法把老太太弄回伦敦去，普雷德。说实话吧，亲爱的普雷迪，是不是你也不愿意看到她们俩在一块儿?

普雷德：啊，为什么不让她们待在一块儿啊?

弗兰克：（咬着牙）难道你一点儿都不觉得瘆得慌吗?那个卑鄙的老家伙，干尽了天底下所有的坏事，我发誓，维维和她一块儿——呸!

普雷德：嘘，别说话。他们过来了。（看着牧师和克罗夫茨沿着马路走了过来，和维维也跟在后面很亲热地一同走着）

弗兰克：看啊，她真的用她的胳膊揽着那个老女人的腰。是她的右胳膊，还是她主动揽的。她怎么变得这么煽情啊，天啊!呸!呸!现在你不觉得肉麻的瘆人吗?（牧师打开册栏门，和维维先走进去，站在花园中间看着房子。弗兰克装出欣喜若狂的样子，开心地大声说），见到你真是太高兴了。这个清静的教区长庭院配你最合适不过了。

华伦夫人：我哪里配啊！你听见没有，乔治？他说我在教区长庭院里很好看。

塞缪尔牧师：（还拉着门在那里等克罗夫茨，克罗夫茨正在慢慢地踱进来，一副极其无聊的样子）你无论到什么地方都好看。

弗兰克：说得好极了，老爷子！大家听着，我们先痛痛快快地玩会儿再吃午餐吧。首先，咱们先去看看教堂。每个人都得去。这是一个真正的十三世纪的老教堂了，我们家老头子很喜欢它是因为他曾经募捐到一笔钱，六年前把这个教堂彻彻底底地翻新了一次。普雷德可以带你们参观参观那些古迹。

普雷德：（站起来）当然好了，如果还剩下什么古迹可以参观的话。

塞缪尔牧师：（迷迷糊糊地殷勤款待他们）如果乔治爵士和华伦夫人真的愿意赏光的话，我不胜荣幸。

华伦夫人：哦，走吧，去看看得了。

克罗夫茨：（转身走向大门）我没意见。

塞缪尔牧师：不是那条路，如果不嫌麻烦，我们从荒地这儿穿过去吧。这儿能绕过去。（他领着大家走那条穿过树篱的小路）

克罗夫茨：可以啊。（他和牧师一起走在了前面）

普雷德跟在身后。维维不为所动，她看着他们走远了，脸上露出极其坚决的神情。

弗兰克：你不一起来吗？

维维：不要。我想警告你一句，弗兰克。你说到教区长花园，就是在嘲笑我的母亲。以后不要这样。请你像尊重自己的母亲一样尊重我的母亲。

弗兰克：我亲爱的维维，她不见得能领会，她和我母亲不一样，两个人不能相提并论。可是你到底是怎么了？昨天晚上我们俩批评你母亲和她的同类的时候，咱们看法都还完全相同呢。今天早上我就发现你装模作样、腻腻歪歪地用胳膊揽着你妈的腰。

维维：（脸红）装模作样！

弗兰克：我当时就是这么觉得。第一感觉就是你做了一件低俗的事。

维维：（隐忍）对，弗兰克，情况有变化了，可是我觉得变化不是件坏事。昨天我还是个自以为了不起的小小道学先生。

弗兰克：那今天呢？

维维：（眼神闪躲了一下，转而又坚定地看着他）今天我比你更加了解我的母亲。

弗兰克：真是天理不容啊！

维维：你什么意思？

弗兰克：维维，在道德败坏的人之间，有一种臭味相投的感觉，这是你所不知道的。你性子太烈。可是我和你母亲之间就有这种臭味相投的感觉，这也是为什么我可以比你更了解你的母亲。

维维：你错了，你根本就不了解她。如果你知道了我母亲当时所经历过的境遇——

弗兰克：（熟练地接过她的话说完）我就会知道她现在为什么

是这样了，是不是？可是这又有什么区别呢？不管什么境遇不境遇的，维维，你不会受得了你的母亲的。

维维：（非常生气）为什么这么说？

弗兰克：因为她是一个老浑蛋，维维。如果你再在我跟前把你的胳膊放在她腰上，我会立刻开枪打死我自己，来抗议这件让我恶心的事情。

维维：这么说我必须要在你和我母亲两个人之间取舍了？

弗兰克：（优雅地）这样一来情势就对这个老太婆大大不利了。可是维维，不管发生什么事，对你一片痴情的小孩子会一直待在你身边的。但他更紧张的是不能让你再犯错误。维维，你母亲这个人无药可救了。她可能会成为一个好人，但是她现在是一个坏蛋，很坏的坏蛋。

维维：（大发雷霆）弗兰克——（他坚持自己的立场。她转身走开，来到树荫下的椅子上坐下，想尽量让自己冷静下来。然后她又说话了）是不是因为她是你所谓的坏蛋，她就该被全世界的人唾弃？她就不配活着？

弗兰克：你不必操心这个，维维，她不会一直被人唾弃的。（他在她身边的长椅上坐下来）

维维：我怕我会嫌弃她。

弗兰克：（小孩子似的，哄着她，用他那迷人的嗓音来魅惑她）不要去和她住在一起。只有母亲和女儿的小家庭是不会有好结果的。却会把我们的小团体给拆散了。

维维：（被他蛊惑了）什么小团体？

弗兰克：树林里无助的小人儿：维维和弗兰克。（他像一个困乏的小孩子紧紧依偎在她身边）让我们去找些树叶盖在身上吧。

维维：（像一个保姆一样，有节奏地摇着他）树林下面，手拉着手儿，快快睡吧。

弗兰克：聪明的小女孩儿和她傻乎乎的小男孩儿。

维维：一个傻小子和他土里土气的小妮子。

弗兰克：心里真清静，终于摆脱了小男孩儿愚蠢的父亲和小女孩儿的多事儿的——

维维：（把那个字压抑在自己的心里）嘘——嘘——嘘！小女孩儿想忘掉关于她母亲的一切。（他们沉默了很久，互相摇着。维维突然如梦初醒般跳了起来，大喊道）我们就是一对傻瓜！快站起来。天啊！你的头发。（替他梳理头发）我在想，是不是旁边没有人瞧着的时候，大人们都这样孩子似的玩来玩去。我小的时候可不这样玩。

弗兰克：我也是。你是我的第一个玩伴。（他捉过她的手来，想亲一下，但又忍着四下张望了一下。不料他看见克罗夫茨在树篱那边闪了出来）哎呀，真该死！

维维：什么该死，亲爱的？

弗兰克：（低声耳语）嘘！是克罗夫茨那个畜生。（他坐得离她远了一些，装作漠不关心的样子）

克罗夫茨：我能和你说几句话吗，维维小姐？

维维： 当然可以。

克罗夫茨：（冲着弗兰克）对不起，加德纳先生。他们正在教堂那里等你，如果你乐意去的话。

弗兰克：（站起来）什么事情都可以依你，克罗夫茨——除了去教堂。维芬，如果万一有事要找我的话，你就拉大门上的铃铛。（他泰然自得地进了屋子）

克罗夫茨：（用一种狡诈的目光看着他走了进去，然后以一种自以为同维维交情颇深的态度对她说）真是个招人喜欢的小伙子，维维小姐。可怜的是他没有钱，对不对？

维维： 你这么想？

克罗夫茨： 你想想，他能干什么啊？没工作、没产业。能有什么担当？

维维： 我知道他有不如人的地方，克罗夫茨爵士。

克罗夫茨：（别人能如此了解他的心事，有点儿震惊）哎呀，不是那个意思。可是我们要生活在我们这个世界上，钱就是钱。（维维没有回答）天气不错，是吧？

维维：（对他没话找话的这种谈话方式完全不屑一顾）很不错。

克罗夫茨：（根本不掩饰他的好心情，好像欣赏他的勇气和胆量）我过来不是想和你谈这个。（在她身边坐下）听着，维维小姐。我有自知之明，我不配做年轻小姐的丈夫。

维维： 真的吗，乔治爵士？

克罗夫茨： 真是这样的，坦白告诉你吧，我也不想这样。可是

· 208 ·

我是说话算数的人，用情也总是很深；并且对于中意的东西肯花大价钱去买。我就是这样一种男人。

维维：这真让人佩服。

克罗夫茨：哎呀，我没想要夸奖自己。我也有毛病，没有人比我更了解我自己。我知道我不是个完人，这是中年人的优点之一；我知道，我不年轻了。我的信条只有简单的一个，我觉得这也是一个不错的信条。男人与男人之间要尊重，男人和女人之间要忠诚；我不信什么宗教，但是只认准一条，总的来看，所有的事情都是在往好的地方发展。

维维：（尖锐讽刺）"一种力量，不是我们自己，在那里求正义"，是这个吗？

克罗夫茨：（信以为真）就是这个。当然不是我们自己。你知道我的意思。好了，我们来谈点有用的吧。你可能会觉得我乱花钱，可我没有，我现在比我刚有产业的时候有钱多了。我曾经用我的处事的经验，把钱投资到人们都忽略的事业上面；不管我在其他方面怎么样，反正我在金钱这方面，还算一个可靠的男人。

维维：非常谢谢你能告诉我这些。

克罗夫茨：哦，维维小姐，别这么说，你不用假装不明白我的用意。我想要找一位克罗夫茨夫人。我猜你会觉得我太直接吧？

维维：没觉得啊。我非常感谢你能对我这么坦率和坦诚。你所说的金钱、地位和克罗夫茨爵士夫人的头衔这些，我都心领了。可是我还是要拒绝你，希望你别介意。我不愿意。（她站起来，溜达

到日暑那里，以免和他挨得太近）

克罗夫茨：（丝毫不觉得沮丧，反倒占了维维让出来的地方，让自己的身体在座位里更舒服，好像先前的拒绝是求婚过程中不可避免的固定戏码）我不着急。只是提前告诉你一声，以免你中了加德纳那小子的诡计。我刚说的那件事，先放那儿就是了。

维维：（厉声地）我的拒绝就是最后的答案。绝不会反悔。

克罗夫茨一点儿不在乎。他咧着嘴笑；胳膊肘支在膝盖上，身子向前倾着，一边用拐杖戳着草坪上一只倒霉的小虫子；一边狡猾地看着她。她不耐烦地转过身去。

克罗夫茨：我确实比你大很多。二十五岁呢，四分之一个世纪啊。我不会永远活着，可是我死后，我一定会让你生活得无后顾之忧。

维维：我能抗拒任何诱惑，乔治爵士。你不觉得你应该死心了吗？我是绝对不会改变主意的。

克罗夫茨：（站起来，猛戳了一下雏菊，才向她走过去）没关系。我本可以告诉你几件让你马上改主意的事情。可是我没那么做，因为我更愿意用我的真爱赢得你的芳心。我是你母亲的好朋友，你可以问问她，我是不是这样的人。要不是我又出主意又帮她，还给她那些资助，她哪能赚那么多钱给你交学费。没有几个男人能像我一样忍受你母亲。我前前后后至少扔进去四万英镑。

维维：（盯着他）你的意思是，你是我母亲的生意伙伴？

克罗夫茨：对。你想想，如果我们要是成了一家人，就省了所有的麻烦，也免得我们还要去和别人解释。问问你母亲，看她愿意向一个毫不相干的人解释她所有的过往吗？

维维：我觉得没问题，我听说买卖已经不干了，钱也存了。

克罗夫茨：（忽然停下，吃惊地）不干了！停掉一个最不景气的年头也有百分之三十五的利润的生意！不见得吧。谁告诉你的？

维维：（面色惨白）你是说这种生意还——（她突然停住，手放在日晷上来撑住自己的身体。随即快步走到铁椅子那里坐下）你所说的是什么生意？

克罗夫茨：说实话，这种生意，以我们这种有地位的人来说——要是你接受了我的话，也就是咱们这种社会地位——虽然说不上是什么高级生意。但也没什么不可告人的秘密，千万别误会了。当然，既然你母亲在这里面也有份，就知道这绝对是个正经生意。我认识她这么多年，我敢保证，她宁愿自断双手，也不会做任何不该做的事。如果你想听，我可以把事情都告诉你。我不知道你发现没有，旅行的时候找一家真正舒适的私人旅店有多么的难。

维维：（厌恶地转过头去）对，继续说。

克罗夫茨：好了，这就是我要说的。你母亲在管理旅店上面非常在行。我们在布鲁塞尔有两家旅店，奥斯坦德有一家，维也纳有一家，还有两家在布达佩斯。当然，这其中也有别人的股份，但是我们占绝大部分的份儿，你母亲是一个不可或缺的总经理。我猜你已经注意到了，她总是东奔西跑。可是你知道，在上流社会中，这种事情是说不得的。只要一提起旅馆这个词，每个人都觉得你是个开酒店的。你不喜欢别人那样说你的母亲吧？这就是为什么我们一直避讳这件事。还有，你不要和别人说起它好吗？已经被瞒了这么久，还是让它继续成为一个秘密吧。

维维：这就是你要让我入伙儿的那个生意？

克罗夫茨：不。我的妻子不用操这种心。以后你和这生意的关系不会比你一直以来的关系深。

维维：——我——一直以来！你什么意思？

克罗夫茨：就是说，你的吃喝拉撒靠的就是这个生意。它供你上学，供你的穿戴。不要对这个生意不屑一顾，维维小姐，要不然纽纳姆女子学院和格顿女子学院你怎么去得了？

维维：（站起来，气坏了）当心了，我知道那是个什么样的买卖。

克罗夫茨：（吃了一惊，忍住没有骂出来）谁告诉你的？

维维：你的生意伙伴。我的母亲。

克罗夫茨：（气得脸色铁青）那个老——

维维：就是她。

他把剩下的话硬生生咽了回去，站在那里拼命咒骂，生着自己的气。但是他知道，他本应该用同情的语气来说话的。便虚张声势地发起火来。

克罗夫茨：她真应该多替你打算打算——要是我——不会让你知道这种事的。

维维：我觉得，要是我们结婚了，你可能会告诉我，因为这是一个很方便的挟制我的武器。

克罗夫茨：（极其诚恳）我从没那样想过，我可以用我的人格担保。

他的话让维维吃惊。听着他生硬、可笑的辩解，她心里冷静坚决起来，答话的时候脸上带着不屑，却也泰然自若。

维维：这倒无所谓。我觉得你应该知道，咱俩今天在这里一分别，情谊也就到此为止了。

克罗夫茨：为什么？因为我帮过你母亲？

维维：我母亲以前很穷，她没有别的出路，只能做那种事情。你是一个有钱的绅士，你不也因为百分之三十五的利润做了那种买卖。我觉得，你就是个很常见的那种恶棍。这就是我对你的评价。

克罗夫茨：（瞪了一眼，一点儿也不生气，倒觉得这样直接痛快地说话比刚才那种假模假样的客气舒服多了）哈哈！哈哈！有话就说，小姑娘，说就是了，我不会生气，反倒觉得有趣。我为什么不能投资那样的买卖？我像其他人一样放款生息，我不希望你认为我会为了那种事脏了自己的手。好啦，你也不会就因为我母亲的堂兄贝尔格莱维亚公爵有几笔来历不明的租金，就不肯和他做朋友吧。我猜，你也不会因为教区委员会的租户里头有几个开酒馆的和罪人，就和坎特伯雷大主教绝交吧。你还记得纽纳姆学院的那个克罗夫茨奖学金吗？就是我当国会议员的哥哥设立的。他有家工厂，每年百分之二十二的利润，可是厂里的六百个女工，每个人领的工资都不够填饱肚子的。无依无靠的，你说她们怎么活？问问你的母亲就知道了。别人都机灵地拼命往自己口袋里划拉钱的时候，你怎么能让我放弃百分之三十五的利润呢？我可没那么傻！如果你是以道德的标准来选择和结交朋友的话，你最好离开英国，再不然就和上流社会的所有人断绝关系。

维维：（内疚）你还不如直接说，我都从来没问过自己花的钱是从哪里来的。我觉得自己和你一样差劲。

克罗夫茨：（大为放心）你当然很差劲。不过这也算个好事！毕竟这没什么不好！（又重新开她的玩笑）所以现在想想，你也不能认为我是个浑蛋了吧？

维维：我曾经得过你的好处，并且刚才也毫无保留地告诉了你我对你的看法。

克罗夫茨：（一副极其友好的样子）你的确是这样做的。你不会再把我当成坏人了，我不想充当什么知识高深的人；但是我是个很有正义感的人；老克罗夫茨的血统天生就痛恨一切卑鄙下流的行为，就冲这一点，我也应该得到你的同情吧。相信我，维维小姐，这个世界并不是像那些怨天尤人的人嘴里说的那样。只要你不违反这个社会的规则，这个社会也不会为难你；谁违反这个规则，谁就会倒霉。人人都猜得到的秘密才容易保守。在这个我刚给你介绍的社会里，上流社会的男男女女都不会失掉身份，来讨论我或你母亲的生意。没有谁可以给你一个更安稳的地位了。

维维：（奇怪地打量着他）我说你不会真的以为我和你合得来吧。

克罗夫茨：我想我可以夸口说，你现在看我比刚才看我顺眼多了吧。

维维：（平静地）我是对你不屑一顾。我只是想到了这个社会怎么能容忍你，法律怎么会保护你！我只是想到，十个无依无靠的年轻女孩子中，就有九个会落入你和我母亲的手中！那个为人不齿的女人和她那个有钱的狗腿子——

克罗夫茨：（勃然大怒）混账东西！

维维：用不着你说。我自己也觉得我很浑蛋。她撩起门闩，想开门出去。他跟在她的身后，把手蛮横地按在门闩上，不准她开门。

克罗夫茨：（气得大口喘气）你觉得我会就这样放过你吗，你这个小鬼？

维维：（不动声色）冷静点。铃一响，人就会过来。（没有回避他，直接用手背打了一下铃。铃声刺耳地响了起来，他下意识地往后退了一步。几乎同时，弗兰克拿着枪出现在走廊上）

弗兰克：（彬彬有礼）你需要枪吗，维维，还是让我来开枪？

维维：弗兰克，你一直在偷听？

弗兰克：（走进花园）我保证，我只是在听铃声，省得要你等。我可是认清你的真面目了，克罗夫茨。

克罗夫茨：我现在恨不得抢过那把枪来，打爆你的头。

弗兰克：（小心翼翼地靠近他）千万别动。我摆弄枪可是很粗心。说不定会出什么致命的岔子，这会让验尸官因为我的疏忽臭骂我一顿的。

维维：把枪拿走，弗兰克，用不着这样。

弗兰克：说得对，维维。用陷阱活捉他，更像打猎。（克罗夫茨听出来是在侮辱他，摆出恐吓的姿势）克罗夫茨，在这个弹匣里有十五发子弹，照现在这个距离和你的大小来看，我肯定是百发百中。

克罗夫茨：哦，你别担心，我不会碰你的。

弗兰克：这种状况下你真有雅量！谢谢。

克罗夫茨：我走之前要告诉你一件事。既然你们之间这么相爱，可能会对这件事感兴趣。弗兰克先生，请允许我向你介绍你同父异母的姐姐、塞缪尔·加德纳牧师的大女儿。维维小姐，这位是你同父异母的弟弟。再会了！（他从大门出去，沿着公路走了）

弗兰克：（呆在那里，一会儿又举起了枪）维维，到时候你告诉验尸官，这是个意外。（他瞄准克罗夫茨渐行渐远的背影。维维抓过枪口，把它转向自己的胸膛）

维维：开枪啊，你开枪啊。

弗兰克：（赶紧把手上的枪丢掉）松手！当心。（她松开手，枪掉到了草坪上）你吓死你的小男孩儿了。要是它走火了怎么办！哼！（他跌坐在椅子上，萎靡不振）

维维：如果枪走火了，你怎么知道我身体上的伤痛不能缓解我心理上的痛苦呢？

弗兰克：（用甜言蜜语来安慰她）别想那么多，维维。记住，就算我用枪吓得那家伙这辈子第一次说了实话，那也只是让我们真做了森林里的小孩子。（他向她伸出双臂）来，让树叶再把我们盖起来吧。

　　维维：（反感地大叫一声）啊，不要，不要。肉麻死了。

　　弗兰克：为什么，怎么了？

　　维维：再会吧。（奔向大门口）

　　弗兰克：（一下子跳起来）喂！停下！维维！维维！（她在大门口转过身）你要去哪儿？我们到哪儿找你？

　　维维：霍诺莉亚·弗雷泽律师事务所，在法院小巷67号。我的后半生都会在那儿。（她飞快地朝和克罗夫茨相反的方向跑掉了）

　　弗兰克：可是我——等一下——可恶！（追她去了）

第四场

　　法院小巷，霍诺莉亚·弗雷泽律师事务所。新石大楼顶层的一间办公室，混合色的墙上有一扇厚厚的玻璃窗，屋子里有盏电灯，还有个新上市的炉子。这是个星期六的下午。从窗户看出去，林肯法院的烟囱和西方天空一览无余。在屋子的中间有两张书桌，上面放了一盒雪茄、几个烟灰缸和一个可以移动的台灯，几乎都被盖在一大堆的文件和书籍下面。书桌下面有个可以放膝盖的容膝孔，椅子乱七八糟地放在左右两边。靠墙放着一张秘书的桌子，这个地方和里屋的门离得很近，桌子上的东西整整齐齐，还配了一个高脚凳。对面是一扇通往公共走廊的门。门的上半部分是一块毛玻璃，外面写着排黑字："弗雷泽—华伦。"门与窗户之间的角落用一个呢子屏风挡了起来。弗兰克穿着一身时髦的浅色衣服，手上拿着手套、手杖，和一项白帽子，正在办公室里踱来踱去。有人拿着钥匙要开门。

弗兰克：（喊道）进来。门没锁。

维维戴着帽子穿着短外套进了屋子。她站住，瞪眼看着他。

维维：（厉声说道）你在这儿干什么？

弗兰克：在等着看看你啊。我已经等了好几个小时了。你就是这样办公吗？（他把帽子和手杖放在桌子上，自己一下子跳到秘书的高脚凳上坐下，用一种放浪不羁而又轻浮张狂的眼神看着她）

维维：我刚出去了二十分钟，喝了一杯茶。（她脱下帽子和外套，把它们挂在屏风的后面）你怎么进来的？

弗兰克：我来的时候，你们这儿的人还没走。那个秘书去普利姆罗斯去打板球了。你为什么不雇个女的，给你的女性同胞一个机会？

维维：你来干什么的？

弗兰克：（一下子从凳子上跳下来，走到她面前）维维，咱们星期六这半天也找个地方去玩玩吧，就找个你秘书去的那种地方。我们先去里士满，再去音乐厅，然后高高兴兴地吃顿晚饭怎么样？

维维：我可花不起那个钱。我睡觉前还要再工作六个小时。

弗兰克：花不起那个钱？我们花不起吗？哼哈！看这是什么。

（他掏出一大把金镑，在手里倒弄得叮当响）金镑，维维，是金镑！

维维：你从哪里弄的这些钱？

弗兰克：赌博，维维，是玩扑克赌钱赢的。

维维：切！这比偷更卑鄙可耻。我是不会和你去的。（背朝着玻璃门坐下，开始工作，手里翻阅着文件）

弗兰克：（可怜巴巴地央求）可是，亲爱的维维，我一直想和你好好说说话。

维维：好。去霍诺莉亚的椅子上坐着，咱们就在这儿聊吧。喝完茶，我喜欢聊十分钟的天。（他低声咕哝着）抱怨也没用，我这个人很难说话的。（他不情愿地坐到了对面的椅子上）把雪茄盒递给我，好吗？

弗兰克：（把烟盒推了过去）女人的坏习气。好男人都不抽烟了。

维维：是呀，他们不喜欢办公室有味道，所以我们就不得不抽烟。明白了吧！（她打开烟盒，拿了根雪茄点着，又给了他一根，他哭笑不得地摇了摇头。她让自己在椅子里坐得更舒服些，抽起烟来）说吧。

弗兰克：我想知道你都做什么了——还有你是怎么安排的。

维维：所有事情都在我到这儿后的二十分钟内就安排好了。霍诺莉亚今年生意太多，忙不过来，她正要打发人去请我让我入伙，我就来了，可是我告诉她我身无分文。所以我就马上投入了工作，而她被我打发去度假两个礼拜。我走后，黑斯米尔出什么事了吗？

弗兰克：什么事也没有。我说你去城里有要紧事要办。

维维：啊？

弗兰克：他们不是目瞪口呆地说不出话来，就是克罗夫茨已经提前向你母亲说过了。不管怎么样，你母亲没说什么，克罗夫茨也没说什么，普雷迪只是有点发蒙。喝完茶，他就站起来走了，我也再没看见他们。

维维：（一只眼睛看着烟圈，静静地点了点头）好了。

弗兰克：（不以为然地四处张望）你还真想一直待在这个破地方啊？

维维：（一下子把烟圈吹散了，坐直了身子）是呀，我才回来两天，就生龙活虎了，所以我这辈子再也不休假了。

弗兰克：（扮了一个大大的鬼脸）嘿嘿！你看起来很快活啊。身体也结实得像铁打的一样。

维维：（严肃地）现在的我就很好！

弗兰克：（站起来）是这样的，维维，我必须解释一下。我们那天分别的时候，是在一个完全误会的状态下。（他坐上桌子，靠近她）

维维：（把烟放在一边）好呀，那就把误会澄清一下吧。

弗兰克：你还记得克罗夫茨说的话吗？

维维：记得。

弗兰克：他说出来的那件事，可能会完全改变我们之间关系的性质，让我们成为姐弟。

维维：知道。

弗兰克：你有过弟兄吗？

维维：没有。

弗兰克：那么，你就不知道兄弟姐妹之间是什么感觉了？我倒是有很多姐妹，那种亲情的感觉我很了解。我敢肯定，我对你的感觉和对她们的根本不一样。那些女孩子和我，都有自己的路要走，我们互不干涉，就算永远不会再见面，我也不会放在心上，这就是兄弟姐妹。可是对你，我一个星期看不见你，就觉得不舒服。这不是姐弟之间的感觉。在克罗夫茨说破这件事之前，我就是这种感觉。总之一句话，亲爱的维维，这就是年轻人的春梦吧。

维维：（讽刺道）弗兰克，这就是你父亲当初给我母亲的感觉吧，是不是？

弗兰克：（心生厌恶，一下子就从桌子上滑了下来）维维，我强烈抗议你把我的感情同塞缪尔牧师的相提并论，我也抗议你把自己和你妈妈做比较。（又跳上了桌子）还有，我不相信这件事。我和父亲求证过，他说的话让我感觉他不承认这件事。

维维：他怎么说的？

弗兰克：他说，这里面一定有什么不对的地方。

维维：你信他的话吗？

弗兰克：我准备相信他说的，不信克罗夫茨的那些鬼话。

维维：有什么不一样吗？我说的是在你的想象中或良心上有分别没有。当然，没有一点儿分别。

弗兰克：（摇摇头）对我来说，没有丝毫分别。

维维：对我来说也是这样。

弗兰克：（盯着她）真是让人吃惊！（他回到原来的椅子上坐下）我觉得那些话从那个浑蛋的狗嘴里说出来的时候，我们所有的关系，就像你说的那样，在你的想象和良心上都改变了。

维维：不，不是你说的那样。我不相信他的话。但我宁愿相信是真的。

弗兰克：啊？

维维：我觉得姐弟关系更适合我们两个人。

弗兰克：你说的是真的吗？

维维：当然。就算我们能有别的关系，我也只愿意跟你做姐弟。我说的是实话。

弗兰克：（挑了挑眉毛，如梦初醒一样，但还是流露出彬彬有礼的气质）亲爱的维维，你之前怎么不说呢？我很抱歉给你造成了困扰。我现在明白了。

维维：（困惑）明白什么？

弗兰克：我并不是那种普通人嘴里的傻瓜，我只是做了《圣经》里那种聪明人都会做的傻事罢了，只不过聪明人在做够了这种事后才给它安了个"傻"的名号。我想我不能再做维芬的小男孩儿了。别慌，我以后也不会再喊你维芬了——至少要等你厌烦了你新的小男孩儿之后再叫你——不管他是谁。

维维：我新的小男孩儿？

弗兰克：（深信不疑）一定是有个新的小男孩儿。这种事情总会发生。不会是别的原因。

维维：不是你想的那样，还好你不知道。有人敲门。

弗兰克：我诅咒这个敲门的人，不管是谁。

维维：是普雷德。他要去意大利了，走之前来和我告别，我让他今天下午过来。去开门让他进来。

弗兰克：等他走了之后，我们还可以继续我们的谈话啊。我会等到他离开的。（他走过去，打开门）你好啊，普雷德？很高兴见到你。快请进。（普雷德穿着旅行的衣服，兴高采烈地走了进来）

普雷德：你好，华伦小姐。（她热情地和他握手，他虽然高兴，可又流露出伤感，让她觉得有点儿不对劲）一个小时之后，我就要从霍尔本大桥出发了。我希望能说服你和我一起去意大利。

维维：去干吗？

普雷德：为什么不去，当然是去让自己沉浸在美景和浪漫的氛围之中啊。

维维身子一抖，把椅子转向桌子这边，好像桌子上那堆需要处理的文件能给她精神上的慰藉和支持。普雷德坐到她对面。弗兰克拿了把椅子放在维维身边，漫不经心地、懒洋洋地坐下，转过头来和维维说话。

弗兰克：你那招儿没用的，普雷迪。维维是个小小的凡夫俗子。她对我的浪漫无动于衷，对我的美貌也毫无感觉。

维维：普雷德先生，我只说一句，我的生活里面，没有浪漫也没有美貌。生活就这样了，我也打算就这样过下去了。

普雷德：（热切地）如果你和我去了维也纳和威尼斯，你就不会说出那种话了。生活在这么美好的世界上，会让你高兴地流泪。

弗兰克：你真有口才，普雷迪。继续说。

普雷德：我和你保证——我——就哭过——我想——我希望，我五十岁的时候——再哭一次！像你现在这个年纪，维维，你根本不需要去维也纳那么远的地方，你只要去看看奥斯坦德，就能让你情绪高涨。你会陶醉在那里欢乐的气氛、勃勃的生机和布鲁塞尔的繁华里。

维维：（因为厌恶，一下子从椅子上弹了起来）喂！

普雷德：（站起来）怎么了？

弗兰克：（站起来）喂，维维！

维维：（对着普雷德，狠狠地斥责他）你就不能找个比布鲁塞尔更漂亮、更浪漫的地方和我聊吗？

普雷德：（茫然不知所措）布鲁塞尔当然和维也纳不一样。我根本没说——

维维：（狠狠地）也可能这两个地方的漂亮和浪漫差不多一样是吧。

普雷德：（完全明白过来，非常担心）亲爱的维维小姐，我——（好奇地看着弗兰克）怎么回事？

弗兰克：她觉得你喜欢的东西太无聊，普雷迪。她有一个很郑重的请求。

维维：（厉声说道）住嘴，弗兰克。别犯傻。

弗兰克：（坐下）你说这叫有礼貌吗，普雷德？

普雷德：（焦躁却又体贴周到）要我把他带走吗，华伦小姐？我们在这里一定干扰你工作了。

维维：坐下，我现在还没准备工作。（普雷德坐下来）你们两个一定觉得我歇斯底里。绝对不是这样。如果你愿意的话，我有两件事不想提。一个是（向着弗兰克）情人间的春梦，不管它是什么形式，另一个是（向着普雷德）生活的浪漫和美好，尤其是奥斯坦德和布鲁塞尔的繁华快乐。在这两件事情上，如果你们还有什么幻想，尽管有，可是我自己没有。如果我们三个还要当朋友的话，你们就要把我当成职业女性来看待，我永远不会结婚（向着弗兰克），也永远不会浪漫（向着普雷德）。

弗兰克：除非你改变主意，要不然我也会一直单身下去。普雷迪，换个话题吧。我们聊点别的事情。

普雷德：（心惊胆战地）我恐怕世界上没有什么其他的事情可谈了。"艺术福音"是唯一一个我可以讲的话题。可是，我知道维维小姐是非常痴迷"前进福音"，我们要是聊这个话题的话，就不可避免地要伤害你，弗兰克，因为你已经下定决心不求上进了。

弗兰克：不用顾及我的感受。有什么好提议说出来，这对我有好处。看看能不能把我打造成个成功人士，维维。对了，活力、勤俭、预见性、自尊和品格，一样也不能少。维维，你讨厌那些没有品质的人吗？

维维：（皱起眉头）行了，行了。别说那些恶心人的言不由衷的话了。普雷德先生，如果这个世界上真的只剩下两种福音，我们还是死了算了，因为这两种福音从头至尾都有一样的缺陷和瑕疵。

弗兰克：（挑剔地看着她）今天你还有诗性啊，维维，从前可没有。

普雷德：（抗议）亲爱的弗兰克，你是不是有点儿不通情理啊?

维维：（不顾及自己）不，这样很好。不会让我感情用事。

弗兰克：（逗她说）压抑你那方面的强烈天性吗?

维维：（几乎又要情绪失控）是呀，接着说，不用顾及我。我这辈子曾经有一次在月光下动过情——美好的感情，可是现在——

弗兰克：（赶紧接话）我说，维维，注意点儿，别说漏了你的心事。

维维：唉，你觉得普雷德先生不清楚我母亲的所作所为吗?（转向普雷德）那个早上你就该告诉我实情的，普雷德先生。你的那种谨慎周到，毕竟现在已经不适用了。

普雷德：其实是你的这种偏见有点过时了，华伦小姐。我认为我一定会告诉你，像一位艺术家一样说出这作事，并且我相信，人类最亲密的关系是超出法律约束范围之外的，所以尽管我知道你母亲是个未婚女性，但我没有看轻她，反倒更敬重她。

弗兰克：（快活地）听到了吧! 听到了吧!

维维：（盯着他）这就是你知道的全部?

普雷德：当然!

维维：如此说来，你们两个对这件事一无所知。事实比你们所猜想的要复杂得多。

普雷德：（站起来，惊恐万分，却努力保持风度）我认为不是这样的。（再一次强调）我认为不是这样的，华伦小姐。

弗兰克：（吹了声口哨）哟！

维维：你的态度让我难以启齿，普雷德先生。

普雷德：（看着他俩信誓旦旦的样子，自己的那些风度也灰飞烟灭了）如果真有更糟糕的事情——就是说，其他事情——你确定告诉我们真相是正确的做法吗，华伦小姐？

维维：当然，如果我真的有胆量的话，我就应该在我的余生中告诉每个人这件事——让大家看清楚，铭记住这件事。在这件卑鄙肮脏的事情里，不光是我，人人都有份儿。我最看不上那些不让女人谈论这种事情的臭规矩，那就是在包庇这种事情。我还是不能告诉你，用来形容我母亲的那两个最不堪入耳的字眼一直在我耳边打转儿，在我嘴边打滚儿，但是我说不出来，因为这些话实在是羞于出口。（她把自己的脸埋到双手中，两个男人都吃了一惊，互相对看，又看向她。她猛地抬起了头，撕了一张纸，又拿过一支钢笔）喂，我要起草一份计划书给你们看。

弗兰克：喂，她疯了。你听见了吗，维维？真是疯了。哎呀，冷静点。

维维：你们看看。（她写到）"已缴资本：四万英镑整，缴款人，乔治·克罗夫茨爵士，准男爵，大股东。开设地点：布鲁塞尔、奥斯坦德、维也纳、布达佩斯。总经理"；看吧，我们别忘了她的身份：这三个字。（她把这三个字写在纸上，推到他们面前）。哦，不，别看，别看了！（她慌忙把纸抢回去，又撕得粉碎，她捧着自己的头，伏在桌子上）

弗兰克站在她身后，睁圆了双眼，看着她写，然后从口袋里掏出一张纸，草草写上了那三个字，再悄悄地递给普雷德看，普雷德看了之后大吃一惊，赶紧把纸藏到自己口袋里。

弗兰克：（温柔地低声安慰）维维，亲爱的，好啦。我看见你写的东西了，普雷德也知道了。我们都了解。我们都会像现在一样，忠实地做你的朋友。

普雷德：这是实话，华伦小姐。我保证你是我见过的最勇敢的女人。

这句富有情感的恭维之词又让维维振作起来。她不耐烦地一转身子，要抛开那句恭维话，支着桌子，勉强站了起来。

弗兰克：如果你不想动的话，就不要动了，维维。别激动。

维维：谢谢你。有两件事情，你尽可以放心：一不哭，二不晕。（她朝里屋门那个方向走了几步，在普雷德旁边停下来，看着他）与和我母亲说：比起和她分离的时候，我现在需要更大的勇气。如果你不介意的话，我要进屋子里自己静一下。

普雷德：需要我们离开吗？

维维：不用，我马上就出来。就一会儿。（她进了里屋，普雷德为她打开里屋的门）

普雷德：这事情真让人意想不到啊！我对克罗夫茨真是失望透顶，真是没想到。

弗兰克：我一点儿也不觉得奇怪。我觉得我们终于知道他到底是个什么样的人了。对我来说，真是个难题啊！普雷迪，我现在不能和她结婚了。

普雷德：（厉声说道）弗兰克！（两个人，你看着我，我看着你。弗兰克从容不迫，普雷德深感愤慨）我来告诉你吧，加德纳，如果你现在放弃她，你的行为就太卑鄙了。

弗兰克：好样的，普雷迪！真是有风度！但是你错了，这不是什么道德上的问题，这是金钱问题。我是不会动那老太婆的钱一个指头的。

普雷德：你之前要结婚是不是因为钱？

弗兰克：要不然会因为什么？——我——没有什么钱，甚至连挣钱的最微小的机会也没有。如果我现在娶了维维，她就必须得养活我，我这不就赚了吗？

普雷德：可是像你这样的一个聪明人，你可以自己动脑筋挣钱啊。

弗兰克：是可以挣一点儿。（他又拿出了他的钱）我昨天一个半小时就挣到了这么多。可是这是一种投机性质很强的买卖。哦，普雷迪，就算贝西和乔治娜嫁给一个百万富翁，老爷子死后也不会留一分钱给她们，我一年也只能领四百英镑。更何况他活不到七十岁，财富创造力更是有限。接下来的二十年，我都会过得紧巴巴的。如果我不让这种事情发生的话，维维也不会过这种日子。现在，我愿意礼貌地把机会留给英国那些年轻的王公贵族。这样问题就解决了。我再也不会去烦她了，我会在我们走的时候，留个纸条给她。那时她就明白了。

普雷德：（抓住他的手）好样的，弗兰克！我真诚地恳请你，原谅我对你的误解。可是你真的不再见她了吗？

弗兰克：再也不见了！岂有此理，这是什么话。我要尽可能地多来，和她做姐弟。我总是不能理解，为什么你们这些浪漫主义的人，总会担心非常寻常的事情会导致什么荒唐的后果。（有人敲门）谁来了啊。你能去开下门吗？如果是客户的话，你去开门会更体面些。

普雷德：好。（他走过去打开门。弗兰克坐在维维的椅子上，潦草地写着一个纸条）亲爱的凯蒂，请，请进。

走了进来，心事重重地四处找维维。她尽力维持着她作为母亲的庄重模样。一顶朴素的帽子代替了原来色彩鲜艳的那顶帽子，华丽的上衣外面又罩了一件价格不菲的黑绸斗篷。她神色紧张，惴惴不安，明显一副惊慌失措的样子。

华伦夫人：（冲着弗兰克）什么！你怎么在这儿？

弗兰克：（在椅子上转过身来，停住了笔，可是还坐在那里）嗨，很高兴见到你。你的到来像春风吹过。

华伦夫人：少在那里胡扯。（低声说）维维呢？弗兰克没说话，示意地指指里屋的门。

华伦夫人：（一下子坐下，快要哭出来）普雷迪，你说，她会见我吗？

普雷德：凯蒂，别愁。她为什么会不肯见你呢？

华伦夫人：唉，你永远也不会明白，你太单纯了。弗兰克先生，她和你说过什么吗？

弗兰克：（折起纸条）她一定不会见你的，除非（意味深长的）你一直等到她出来。

华伦夫人：（惊恐地）我为什么要不等她？

弗兰克狐疑地看着她，把小纸条小心翼翼地放在墨水瓶上，这样维维蘸墨水的时候，一下就可以看到。他站起来，把精力都放在了她身上。

弗兰克：亲爱的，假如你是一只麻雀———一只小小的、漂亮的、在路上蹦蹦跳跳的麻雀———你看见一辆压路车向着你开过来，你会在那里坐以待毙吗？

华伦夫人：别用你那个什么麻雀来烦我。你说，她为什么在黑斯米尔就那样不告而别了？

弗兰克：我觉得，你要是硬在这儿等到她回来的时候，她会告诉你的。

华伦夫人：你是让我走吗？

弗兰克：不是这个意思。我是希望你留在这里，可是我还是劝你先离开吧。

华伦夫人：什么！永远不和她见面！

弗兰克：就是这样。

华伦夫人：（又哭了起来）普雷迪，别让他对我这么粗鲁。（她急忙忍住眼泪，擦了擦眼睛）她要是看到我哭的话，会更生气的。

弗兰克：（温柔的语气里面，流露出些许的同情）你知道普雷迪心软。普雷迪，你怎么看，是去还是留？

普雷德：（向）对于给你造成的不必要痛苦，我应该真心的感到抱歉。但是我认为，你现在最好不要留在这里。因为——（听到了维维走到里屋门口的声音）

弗兰克：嘘！太迟了，她出来了。

华伦夫人：别告诉她我哭过。（维维出了里屋，看见了，表情沉重地停住了脚步，按捺不住高兴的心情，和她打招呼）亲爱的，可是在这儿找到你了。

维维：很高兴你能来，我有话和你说。我记得你说，你要走，弗兰克。

弗兰克：是。你要和我一起走吗？你说，我们先去里士满逛一圈儿，晚上再去剧院听戏怎么样？里士满很安全，那里没有压路机。

维维：胡说八道什么呢，弗兰克。我母亲要留在这儿。

（惊慌失措）我也不知道，要不我还是走吧。我们会打扰你工作的。

维维：（神情平静而坚决）普雷德先生，请把弗兰克带走。母亲，请坐。（无可奈何，只能服从）

普雷德：走吧，弗兰克。再见，维维小姐。

维维：（握手）再见，旅途愉快。

普雷德：谢谢，谢谢。借你吉言。

弗兰克：（向着）再会了，你刚才要是听我的话就好了。（他和她握手，又轻浮地转向维维）再见，维维。

维维：再见。（他高兴地走了出去，没有和她握手）

普雷德：（伤感地）再见，凯蒂。

华伦夫人：（啜泣）再——再见了！普雷德走了。

维维神情冷静沉着，却极其严肃，她坐在霍诺莉亚的椅子上，等着她的母亲先开口。担心冷场，赶紧说话。

华伦夫人：维维，你怎么一声不吭就走！你怎么能么做呢！你对可怜的乔治做了什么？我本想让他和我一起来，他却推脱不愿来。我看得出，他很怕你。你想啊，他竟然让我也不要来。弄得好像（抖了下身子）我也怕你似的，亲爱的。（维维面色更加难看）当然，我告诉他了，我说我们之间把事情都说开了，相处得也很融洽。（她神情黯然下来）维维，这是什么意思？（她拿出一个商用信封，用颤抖的手指摸索着里面的东西）这是上午银行送来的。

维维：是我一个月的零花钱。那天他们和往常一样送来了。我只是让他们把钱又退到你的账户上了，然后把存款收据寄给你。我以后要自力更生了。

华伦夫人：（不敢相信）钱不够吗？你为什么不和我说？（眼中闪着狡黠的光）我可以多给一倍，我本来就打算多给你一倍的。要多少，你只要说个数就行。

维维： 你知道，和钱多少没关系。从现在开始，我和我的朋友做我们的生意，你和你的朋友干你的买卖。（她站起来）再见。

华伦夫人：（惊恐万分地站起来）再见？

维维： 是的，再见。我们不要再做这些没有意义的争吵了，你心里清楚得很。乔治·克罗夫茨爵士已经把所有的事情都和我说了。

华伦夫人：（生气）这个老蠢——（她把那个词又咽了回去，想起刚才差点脱口而出的话，脸吓得煞白）

维维： 说啊。

华伦夫人： 他真该把自己的舌头割掉。我想，那一切都结束了。你说过你不介意的。

维维：（态度坚决）对不起，我介意。

华伦夫人： 可是我解释过——

维维： 你只说了事情是怎么开始的，可是你没有告诉我，你们还在继续做那件事。（她坐下来）

沉默了一会儿，看着维维黯然神伤，维维也没有说话，只是暗暗地希望这场争吵快点结束。华伦夫人的脸上又出现狡猾的神情，她隔着桌子凑过身去，用诡异而又急迫的口气，低声耳语。

华伦夫人： 维维，你知道我多有钱吗？

维维： 你当然很有钱。

华伦夫人： 你太年轻了，完全不知道钱是怎么一回事。钱就是每天一件新衣服；是每天晚上的戏剧和舞会；也能让欧洲最棒的小伙子拜倒在你的石榴裙下；钱是一所漂亮的房子和一大群仆人；也能让你吃香的喝辣的；钱能让你随心所欲，要什么有什么，想什么来什么。你在这里算什么？不就是个苦工吗，从早到晚当牛做马，就是为了混口饭吃和一年做两身的便宜衣服。你好好想想。（安慰她）我知道，你受了打击。我也能体会你的感受，你是有志气的女孩儿，可是你要相信我，没有人会怪你的，相信我就对了。我知道你的心思，只要好好想想，你就能想明白。

维维：事情就是这样解决的吗？你应该和更多的女人这样说过吧，这么轻车熟路。

华伦夫人：（激动地）我让你做过什么伤天害理的事了吗？（维维鄙夷地转过脸去。华伦夫人不顾一切地说着）维维，听我说，你不明白，你被别人误导了，你不知道世界到底是什么样子的。

维维：（打住她的话）误导！什么意思？

华伦夫人：我是说，你白白丢掉了大好机会。你觉得社会上的人就是他们装出的那样吗？你觉得学校教给你的那些所谓的仁义道德都是事情的真相吗？不是，都不是，那些都是假的，都是让胆小怕事的庸人安分守己的幌子而已。难道你要像其他女人一样，到了四十岁才知道自己曾经错过了多好的机会吗？还是趁现在这个好时候听你自己母亲的话？你的母亲是爱你的，她可以发誓这些话句句都是实话，是绝对的真理。（迫切地）维维，大人物、聪明人、生意人都知道这个道理。他们和我的做法一样，想法也一样。我认识很多这样的人，和他们也有交情，可以介绍给你当朋友。我不觉得有什么不对的地方，这些你都不懂，你满脑子都是对我的误解。那些教你读书的人懂得人情世故吗？了解我们这类人吗？他们什么时候见过我，和我说过话，或是谈论过我？他们都是群傻瓜！如果我不交钱，他们会为你做什么？难道我没告诉过你要做个体面人吗？难道我没把你体面地养大吗？要是没有我的钱，没有我的帮助，没有利兹的朋友，你现在能这么体面吗？你知道吗？你现在不理我，就像那个拿了一把刀，一边割自己喉咙，一边扎我的心。

维维：我知道克罗夫茨的生存哲学，母亲。在加德纳家的那天，他都告诉我了。

华伦夫人：你觉得我会逼你嫁给那个糟老头子，那个老醉鬼吗？我不会的，维维，我发誓我不会。

维维：你那样做也没关系，反正你也做不到。（身子一抖，看到维维对自己的情意无动于衷，感到非常痛心。可是维维不管也不顾母亲的心情，继续平静地说下去）母亲，你完全不了解我是个什么样的人。我并不觉得克罗夫茨比他那些粗俗的同类更让人讨厌。和你说实话吧，我还是很羡慕他那种内心足够强大的人，他能够按照自己的意愿挣来大笔的钱，而不去模仿他那些同类，射击、打猎、下馆子、讲究穿戴，浪荡地生活。并且，我也深知，如果我当时是在利兹阿姨的那个处境，我也会做和她同样的事情。我不觉得我比你更偏执、更固执。我比你差得远呢，我肯定不像你那样虚情假意。我也非常了解，那些时髦的道德观都是骗人的东西，如果我拿了你的钱，时髦地去过后半辈子，即使我和最糊涂的女人那样没用又恶毒，旁人也不会多说一句话的。但是我不想那么没用。不想在公园瞎逛，给那些裁缝和马车制造商做广告，也不想成天泡在剧院里，展示那些橱窗里的钻石。

华伦夫人：（不知所措）可是——

维维：等等，我还没说完。告诉我，为什么现在你还在做那个生意，你已经不用靠它过日子了啊。你还告诉过我，你的姐姐已经完全不做这些事了。那你为什么不也洗手不干呢？

华伦夫人：是啊，对利兹来说，她喜欢上流社会，也有上流女人的气质。可是你想想，我在那么一个地方能有什么办法！就算我能过得了那种枯燥的日子，树上的乌鸦也能把我的老底给揭出来。我一定得找点儿有意思的事做，要不然我会闷死。在那种地方，除了那件事，我还能做什么呢？那种生活适合我，我也适合干那个，干别的不合适。如果我不干，别人也会去干，所以我干那个也并没有伤害到谁。这个能挣钱，我喜欢挣钱。不行，谁说也没用，我不会放弃的。你又何必一定要知道这些呢？我不会再提起这些了，也会离克罗夫茨远远的。我不会打扰你了，你也知道我必须不停地东奔西跑。等我死了，咱俩就互不相干了。

维维：不对，我永远是我母亲的女儿。我像你，我必须要工作，必须挣的比花的多。但是我的工作和你的不一样，我的方法也和你的不一样。我们必须分开。其实也没什么区别，只不过以前可能是二十年里面见面几个月，以后是永远不见，仅此而已。

华伦夫人：（哽咽地说不出话来）维维，我原来想和你多待一阵儿的，真的。

维维：用不着，母亲。我也和你一样，不是几滴廉价的眼泪和几句软话就能打动的了的。

华伦夫人：（失去理智地）喂，你竟然说你母亲的眼泪廉价。

维维：你的眼泪本来就不值钱，你是想用你的眼泪换我后半辈子安安静静地过日子。即使我安静地过日子，或者我和你一起过，你又能得到什么呢？我们有什么共同点能使我们一起快活地生活？

华伦夫人：（不留神，方言又从嘴里蹦了出来）我们是母女，我要和你一块儿过。我也有权利和你一块儿过。要不我老了，谁来管我？很多女孩子和女儿一样伺候我，走的时候都哭得不行，可是我都让她们走了，因为我还有你可以指望。为了你，我一直孤单过日子。你现在不能不管我，不能不去尽你做女儿的本分。

维维：（对她母亲话里的市井口音感到反感）女儿的本分！我早就知道你会说到这个。现在让你说个够，母亲，你想要一个女儿，弗兰克想要一个妻子。可是我不想要母亲，我也不想要丈夫。我拒绝弗兰克的时候，没有顾及弗兰克，也没有顾及我自己。你认为我现在会顾及你吗？

华伦夫人：（粗暴地）我知道你是什么样的人，你不会对任何人仁慈——我——知道了。不管怎样，我的经验已经这样告诉我了。以后再遇到你这种假慈悲、硬心肠、自私自利的女人，我就能认出来了。好啊，你就继续做你自己吧——我——不需要你了。可是你听着，你知道，如果能回到你婴儿的时候，我会怎么做吗？对，就是那样做。

维维：或许你可以说，掐死我。

华伦夫人：不，我会把你养成像我这样的女人，一个真正的我的女儿，而不是你现在这样，这么傲慢，这么偏执，你还从我这儿偷去了大学教育，对，就是偷的，你可以不承认，可是不是偷的又是什么？我应该让你在家里长大的，我本应该那么做的。

维维：（平静地）在一个你所谓的那种家里。

华伦夫人：（尖叫道）听她说的话！听听她怎么侮辱自己白发苍苍的母亲！哼，但愿你活着被你的女儿作践，像你现在作践我一样来作践你。会的，会这样的。没有哪个女人受了母亲的咒骂，会不倒霉的。

维维：我希望你不要胡言乱语，母亲。你这些话只能使我更坚决而已。我觉得，恐怕我是唯一一个经了你的手，却还得了你好处的女孩子。你别把这点好处也给破坏掉了。

华伦夫人：是呀，老天爷啊，原谅我吧，真是的，只有你反抗我。岂有此理！真是岂有此理！我原来也想成为一个规矩的女人，我也想规规矩矩地做事，直到后来我做了人家的奴隶，吃够了苦头，我才会咒骂那些听到的正经事。我是个好母亲，就因为我把自己的女儿培养成了一个好女人，就被她赶出来，好像我是个人见人躲的麻风病人。如果我能再活一遍，我就去骂那个说谎的学校老师。从今往后，我发誓，到我死为止，我什么都不做，只做坏事，我还要靠这个发财。

维维：好呀，你就该认准一条道儿走到底。如果我是你，母亲，我也会走你的老路，可是我不会过的是一种日子，心里想的却是另一种日子。其实你骨子里是一个传统的女人。现在我和你分开就是因为这个。我应该这样做，对吧？

华伦夫人：（吃惊）就该把我的钱都扔出去！

维维：不，我该让你离开吗？如果不这么做，我就是个傻瓜。是不是？

华伦夫人：（不高兴）好吧，如果你这么说，也许我是该离开。可是如果每个人都像你这样做，这个世界可怎么办！我现在还是走的好，反正你也不想我待在这里。（她走向门口）

维维：（诚恳地）不和我握手吗？

华伦夫人：（气呼呼地瞪了她一会儿，有种想揍她的冲动）谢谢，用不着了。再见。

维维：（心平气和地）再见。（走了出去，砰的一声把门关上。维维紧绷的脸终于放松下来，满脸的严肃化成了满足和愉悦，如释重负般一边呜咽，一边却又笑了出来。她轻快地走回桌旁，坐在自己的座位上，台灯往外一推，一沓文件往眼前一拉，正拿笔要蘸墨水时，看到了弗兰克的纸条。她漫不经心地打开，匆忙地看了一眼，看到一句奇怪的话，笑了笑）再见了，弗兰克。（她撕掉纸条，毫不犹豫地把碎片扔到了垃圾桶里。然后又投入到了工作中，很快就把心思全都放到了那些数据上）